W9-CAT-433

BEST SELLER

Danielle Steel nació en Nueva York y estudió en su país y en Europa. Desde que en 1973 se editó su primer libro, *Going Home*, se ha convertido en la autora más leída de nuestro tiempo, con más de 440 millones de ejemplares vendidos en todo el mundo. Ha publicado cincuenta novelas, la mayoría de las cuales ha alcanzado el primer puesto en las listas de *best sellers* y, desde 1981, sus títulos aparecen ininterrumpidamente en la lista del *New York Times*. Su nombre figura en el libro *Guinness* de los récords por haber tenido tres obras en la lista de *best sellers* al mismo tiempo. Esta editorial ha publicado una amplia selección de su obra.

Biblioteca

DANIELLE STEEL

Acto de fe

Traducción de
Isabel Merino

DEBOLS!LLO

Título original: *Die Blendung*
Diseño de la portada: Departamento de diseño de Random House Mondadori
Fotografía de la portada: *Dulle Griet*, de Pieter Brueghel, el Viejo, 1564. © Bridgeman Art Library/Index

Primera edición en España, 2005
Primera edición para EE.UU., 2006

www.randomhousemondadori.com.mx

Comentarios sobre la edición y contenido de este libro a:
literaria@randomhousemondadori.com.mx

ISBN: 0-307-37669-9

Fotocomposición: Comptex & Ass., S. L.

Impreso en México/ *Printed in Mexico*

Distributed by Random House, Inc.

Por los saltos de fe que he dado
y para aquellos que me han sostenido la red:
mis hijos, por quienes vivo,
Beatie, Nick, Sammie, Victoria, Vanessa,
Maxx, Zara, Trevor y Todd.
Con todo mi amor,

D.S.

1

Marie-Ange Hawkins estaba tumbada entre la alta hierba, bajo un viejo y enorme árbol, escuchando los pájaros y contemplando las algodonosas nubes blancas que cruzaban el cielo de aquella soleada mañana de agosto. Le encantaba estar allí oyendo el zumbar de las abejas, oliendo las flores y comiendo una manzana cogida del huerto. Vivía en un mundo seguro y protegido, rodeada de personas que la querían. Y le encantaba corretear a su antojo durante el verano. Había vivido en el *château* de Marmouton durante los once años que tenía y había vagado por sus bosques y colinas como una joven corza, vadeando con el agua hasta los tobillos el riachuelo que atravesaba la propiedad. En los terrenos de la vieja granja, había caballos y vacas en un auténtico establo. Los hombres que trabajaban la tierra siempre le sonreían y la saludaban cuando la veían. Era una niña risueña y feliz y un espíritu libre. La mayor parte del tiempo, cuando vagaba entre la alta hierba o cogía manzanas y melocotones en el huerto, iba descalza.

—¡Pareces una gitanilla! —la regañaba su madre, pero siempre sonreía al decirlo.

Françoise Hawkins adoraba a sus dos hijos. Su hijo Robert nació poco después de la guerra, a los once meses de su matrimonio con John Hawkins. John inició su negocio de exportación de vinos por la misma época y, al cabo de cinco años, había amasado una inmensa fortuna. Compraron el *château* de Marmouton cuando Marie-Ange nació, y allí había crecido esta. Asistía a la escuela del pueblo, la misma a la que había ido Robert, que ahora, un mes más tarde, se marchaba a la Sorbona, en París. Iba a estudiar economía y, con el tiempo, trabajaría en el negocio de su padre. La empresa había crecido a pasos agigantados y el propio John estaba sorprendido por lo próspera que era y lo desahogadamente que vivían gracias a ella. Françoise estaba muy orgullosa de él. Siempre lo había estado. La suya era una historia romántica y extraordinaria.

Un día de los últimos meses de la guerra, John, como soldado americano, se lanzó en paracaídas sobre Francia y se rompió una pierna al caer sobre un árbol en la pequeña granja de los padres de Françoise. Ella y su madre estaban allí solas; su padre era miembro de la Resistencia y se encontraba fuera, en una de las reuniones secretas a las que asistía casi cada noche. Escondieron a John en la buhardilla. Françoise tenía dieciséis años en aquel entonces y se sintió más que un poco deslumbrada por lo guapo, alto y atractivo que era John, con aquel aire del Medio Oeste. Él también se había criado en una granja y era solo cuatro años mayor que ella. Su madre los vigilaba de cerca, temiendo que Françoise se enamorara de él e hiciera alguna tontería. Pero John se mostró siempre respetuoso y acabó tan enamorado como ella. En sus conversaciones susurradas por la noche, en la absoluta oscuridad del desván, Françoise le enseñaba francés y él a ella, inglés. Nunca se atrevieron a encender ni siquiera una vela, por miedo a que los alemanes la vieran. Él permaneció con ellos cuatro meses, y cuando se marchó, a Françoise se le partió el corazón. Su padre y algunos de sus amigos de la Resistencia lo llevaron de vuelta, como por arte de magia, con los estadounidenses y acabó tomando parte en la liberación de París. Pero le había prometido a Françoise que volvería a buscarla y ella sabía, sin sombra de duda, que lo haría.

Sus padres murieron pocos días antes de la liberación y Françoise se trasladó a París a vivir con unos primos. No tenía medio de ponerse en contacto con John. Su dirección se había perdido en medio del caos y no sabía que él estuviera en París. Mucho tiempo después, descubrieron que la mayor parte del tiempo habían estado a poco más de tres kilómetros uno del otro, ya que ella vivía junto al bulevar Saint-Germain.

Sin que pudiera volver a verla, John fue embarcado para regresar a Estados Unidos. En Iowa tenía sus propias preocupaciones familiares: su padre había caído en Guam y él debía atender la granja de la familia, junto con su madre, hermanas y hermanos. En cuanto llegó a casa, escribió a Françoise, pero nadie contestó a sus cartas ni tampoco le fueron devueltas. Nunca llegaron a manos de Françoise. Pasaron otros dos años antes de que él pudiera ahorrar suficiente dinero para volver a Francia y tratar de encontrarla. Estaba obsesionado por ella desde que se fue. Pero cuando llegó a la granja donde se habían conocido, descubrió que la habían vendido y que en ella vivían ahora unos desconocidos. Todos los vecinos sabían que los padres de Françoise habían muerto y que ella se había ido a París.

Allí fue también él; utilizó todos los recursos que se le ocurrieron para dar con ella: la policía, la Cruz Roja, la secretaría de la Sorbona y todas las facultades que pudo visitar. El día antes de marcharse, mientras estaba sentado en un pequeño café en la Rive Gauche, la vio, como si fuera una aparición, andando por la calle, bajo la lluvia, con la cabeza baja. Al principio pensó que era una desconocida que se parecía a Françoise, pero luego la miró con más atención y echó a correr tras ella, sintiéndose imprudente aunque sabiendo que tenía que intentarlo por última vez. En cuanto lo vio ella rompió a llorar y se echó en sus brazos.

Pasaron la noche juntos, en casa de los primos de Françoise, y él se marchó a Estados Unidos a la mañana siguiente. Se escribieron durante un año y luego él volvió de nuevo a París, esta vez para quedarse. Ella tenía diecinueve años y él veintitrés. Se casaron dos semanas después de su regreso. En los años que siguieron, diecinueve en total, no se separaron ni un solo momento. Abandonaron París al nacer Robert. John acabó diciendo que se sentía más en su casa en Francia que cuando vivía en Iowa con sus padres. Estaba escrito, decían siempre, y se sonreían cada vez que contaban su historia. Marie-Ange había oído el relato miles de veces y todo el mundo decía que era muy romántico.

Marie-Ange no conocía a la familia de su padre. Sus abuelos paternos murieron antes de que ella naciera, igual que los dos hermanos de su padre. Una hermana había fallecido hacía pocos años y la otra murió en un accidente cuando Marie-Ange era muy pequeña. El único pariente vivo de su padre era una tía, pero Marie-Ange sabía, por la forma en que él hablaba de ella, que no le caía bien. Ninguno de sus parientes había venido nunca a Francia y él había dicho más de una vez que todos pensaban que estaba loco cuando volvió a París para casarse con su madre. Los primos de Françoise murieron en un accidente, cuando Marie-Ange tenía tres años. Ella no tenía abuelos y su madre no tenía hermanos. La única familia de Marie-Ange era su hermano Robert, sus padres y una tía abuela, que vivía en algún lugar de Iowa y a quien su padre detestaba. Una vez le explicó a Marie-Ange que era «mezquina de espíritu y estrecha de mente», aunque ella no sabía muy bien qué quería decir aquello. Ya ni siquiera se escribían. Pero la verdad es que Marie-Ange no lamentaba la falta de parientes. Tenía una vida plena y las personas que había en ella la trataban como si fuera una bendición y una alegría; incluso su nombre decía que era un ángel. Todos pensaban en ella de esa manera, incluyendo a su hermano Robert, al que le encantaba tomarle el pelo.

Iba a echarlo en falta cuando se fuera, pero Françoise le había prometido que la llevaría a menudo a París para verlo. John tenía negocios allí y tanto a él como a Françoise les gustaba mucho ir a pasar un par de noches a la ciudad. Por lo general, cuando lo hacían, dejaban a Marie-Ange con Sophie, la anciana ama de llaves que estaba con ellos desde que Robert era un bebé. Los acompañó cuando se fueron al *château* y vivía en una casita dentro de la misma finca. A Marie-Ange le encantaba ir a verla y tomar el té y comer las galletas que Sophie hacía expresamente para ella.

La vida de la niña era perfecta desde cualquier punto de vista.

Tenía la clase de niñez que soñaba la mayoría de la gente. Tenía libertad, amor y seguridad; vivía en un viejo y hermoso *château* como si fuera una princesita. Y cuando su madre la vestía con los bonitos vestidos que le compraba en París, incluso parecía que realmente lo fuera. Por lo menos, eso le decía su padre. Pero cuando corría descalza por los campos, con el vestido roto por subirse a los árboles, le gustaba decir que parecía una huérfana.

—Bueno, pequeñaja, ¿en qué líos te has metido hoy? —le preguntó su hermano cuando fue a buscarla para almorzar.

Sophie era demasiado vieja para andar corriendo tras ella y su madre había enviado a Robert a buscarla, como solía hacer. Él conocía todos sus lugares y escondrijos favoritos.

—En ninguno —respondió sonriéndole.

Tenía la cara sucia de melocotón y los bolsillos llenos de huesos. Robert era alto y rubio, como su padre, igual que Marie-Ange, que tenía el pelo rizado, los ojos azules y una cara angelical. Solo Françoise tenía el pelo oscuro y unos grandes y aterciopelados ojos castaños. Su marido decía con frecuencia que le gustaría tener otro niño que fuera igual que ella. Pero había mucho del espíritu travieso y juguetón de Françoise en Marie-Ange.

—Mamá dice que es hora de que vayas a almorzar —dijo Robert tirando de ella como si fuera un potrillo.

No quería admitirlo, pero iba a echarla mucho en falta cuando se fuera a París. Desde que aprendió a caminar, era su sombra.

—No tengo hambre —dijo la niña sonriéndole.

—Claro que no, no paras de comer fruta todo el día. No entiendo cómo no te da dolor de barriga.

—Sophie dice que es buena para mí.

—También lo es el almuerzo. Venga, vamos, papá llegará en cualquier momento. Tienes que ir a lavarte la cara y ponerte unos zapatos.

La cogió de la mano y ella lo siguió de vuelta a casa, bromeando, jugando y correteando a su alrededor como si fuera un cachorrillo.

Cuando su madre la vio, gimió ante el aspecto que tenía.

—Marie-Ange —le dijo en francés. Solo John hablaba a Marie-Ange en inglés y, sorprendentemente, ella lo dominaba, aunque tenía acento—. Era un vestido nuevo cuando te lo pusiste esta mañana. Ahora solo son andrajos.

Françoise alzó los ojos al cielo, pero nunca parecía enfadada. La mayoría de las veces le divertían las travesuras de su hija.

—No, mamá, solo se ha roto el delantal. Al vestido no le pasa nada —la tranquilizó Marie-Ange sonriendo avergonzada.

—Demos gracias al cielo por ese pequeño favor. Ve a lavarte la cara y las manos y ponte zapatos. Sophie te ayudará.

La anciana del gastado delantal negro siguió a Marie-Ange. Salieron de la cocina y llegaron a su dormitorio, en la última planta del *château*. Ya no le resultaba fácil moverse de un lado para otro, pero hubiera ido al fin del mundo por su «pequeña». Había cuidado a Robert desde que nació y se había sentido desbordante de alegría cuando llegó Marie-Ange, por sorpresa, siete años después. Adoraba a toda la familia Hawkins como si fueran sus propios hijos. Tenía una hija, pero vivía en Normandía y apenas se veían. Sophie nunca lo hubiera admitido, pero estaba mucho más unida a los hijos de los Hawkins de lo que nunca lo había estado a su propia hija. Y, al igual que Marie-Ange, sentía mucho que Robert los dejara y se fuera a estudiar a París. Pero sabía que era bueno para él y que lo vería cuando volviera a casa en las fiestas y para las vacaciones.

Durante un tiempo, John había hablado de enviar a

su hijo un año a estudiar a Estados Unidos, pero a Françoise no le gustaba la idea y el mismo Robert acabó admitiendo que no quería irse tan lejos. Era una familia muy unida y, además, él tenía un sinnúmero de amigos en la región. En su opinión, París ya estaba bastante lejos, y al igual que su madre y su hermana era profundamente francés a pesar de tener un padre norteamericano.

John estaba sentado a la mesa de la cocina cuando Marie-Ange bajó. Françoise acababa de servirle una copa de vino a él y otra más pequeña a Robert. Tomaban vino en todas las comidas y, a veces, le daban a Marie Ange unas gotas mezcladas con agua. John se había adaptado bien y fácilmente a las costumbres francesas. Llevaba sus negocios en francés desde hacía años, pero hablaba con sus hijos en inglés para que lo aprendieran. Robert lo hablaba con mucha más soltura que su hermana.

Durante el almuerzo, la conversación fue tan animada como de costumbre. John y Robert hablaron de negocios y Françoise comentó curiosidades de algunas noticias locales mientras vigilaba que Marie-Ange comiera como es debido. Aunque se le permitía vagabundear por los campos, su educación era esmerada y tenía unos modales extremadamente exquisitos, cuando decidía usarlos.

—Y tú, pequeña, ¿qué has hecho hoy? —le preguntó su padre, alborotándole los bucles con la mano mientras Françoise le servía una taza de café fuerte y humeante.

—Ha estado saqueando tus huertos, papá —dijo Robert riéndose mientras Marie-Ange miraba a uno y a otro, divertida.

—Robert dice que comer demasiados melocotones

me dará dolor de barriga, pero no es verdad —dijo orgullosamente—. Voy a ir a la granja después —anunció como una joven reina que planea visitar a sus súbditos.

Marie-Ange no había conocido nunca a nadie a quien no le gustara ni tampoco a nadie que no la encontrara encantadora. Era la niña mimada de todos y Robert, especialmente, la adoraba. Debido a la diferencia de siete años que los separaba, nunca había habido celos entre ellos.

—Pronto tendrás que volver a la escuela —le recordó su padre a la niña—. Ya casi se han acabado las vacaciones.

Ese recordatorio hizo que Marie-Ange frunciera el ceño. Sabía que eso quería decir que Robert se marcharía, y cuando llegara el momento, sería duro para ella y también para él, aunque le entusiasmaba la aventura de vivir en París.

Le habían encontrado un pequeño apartamento en la orilla izquierda y su madre iba a ayudarlo a instalarse antes de dejarlo solo con sus estudios. Ya había enviado varios muebles y baúles por delante, que le estaban esperando en París.

Cuando por fin llegó el gran día en que Robert tenía que marcharse, Marie-Ange se levantó al amanecer; estaba escondida en el huerto cuando Robert fue a buscarla antes del desayuno.

—¿No vas a desayunar conmigo antes de que me vaya? —preguntó.

Ella lo miró solemnemente y negó con la cabeza. Se notaba que había estado llorando.

—No quiero.

—No puedes quedarte aquí sentada todo el día. Anda, ven a tomarte un café con leche conmigo.

Aunque a ella se lo tenían prohibido, él siempre le dejaba beber un largo sorbo del suyo. Lo que más le gustaba a ella eran los *canards* que él le dejaba hacer, sumergiendo terrones de azúcar en su café hasta que quedaban empapados. Se los metía en la boca con cara de éxtasis, antes de que Sophie la viera.

—No quiero que te vayas a París —dijo Marie-Ange con los ojos llenos de lágrimas otra vez, mientras él la cogía suavemente de la mano y la llevaba de vuelta al *château*, donde sus padres les esperaban.

—No estaré fuera mucho tiempo. Volveré para un fin de semana largo, para Todos los Santos. —Era la primera fiesta que había en el programa que le había enviado la Sorbona y, aunque solo faltaban dos meses, a su hermanita le parecía una eternidad—. Ni siquiera me echarás en falta. Estarás demasiado ocupada torturando a papá y mamá, y tendrás a todos tus amigos de la escuela para jugar.

—Pero ¿por qué tienes que ir a esa estúpida Sorbona? —se quejó ella secándose los ojos con unas manos todavía cubiertas del polvo del huerto.

Robert se echó a reír cuando la miró. Tenía la cara tan sucia que parecía una mendiga. La mimaban, la querían y la protegían mucho. La verdad es que era su niñita.

—Tengo que ir para educarme, para poder ayudar a papá a llevar su negocio. Y uno de estos días, tú también irás, a menos que pienses dedicarte a trepar a los árboles por siempre jamás. Supongo que eso te gustaría, ¿eh?

Ella le sonrió a través de las lágrimas y se sentó a su lado a la mesa del desayuno.

Françoise vestía un elegante traje azul marino que había comprado en París el año anterior y su marido llevaba pantalones y chaqueta grises, con una corbata azul oscuro de Hermès que Françoise le había regalado. Formaban una pareja muy atractiva. Ella tenía treinta y ocho años y parecía diez años más joven, como mínimo, con una figura juvenil, la cara tersa y los mismos rasgos delicados que John recordaba del día en que la conoció. Él era tan apuesto y tan rubio como el día en que había caído en paracaídas en la granja de los padres de ella.

—Tienes que prometerme que harás caso a Sophie mientras estemos fuera —advirtió Françoise a Marie-Ange mientras Robert le pasaba un *canard* empapado de café por debajo de la mesa y ella se lo metía en la boca dedicándole una mirada agradecida—. No te vayas a dar vueltas por ahí donde ella no pueda encontrarte. —También Marie-Ange iba a empezar la escuela dos días después y su madre confiaba que eso haría que no pensara tanto en su hermano—. Papá y yo volveremos a casa el fin de semana.

Pero volverían sin Robert. A la pequeña eso le parecía una tragedia.

—Te llamaré desde París —le prometió él.

—¿Cada día? —preguntó Marie-Ange mirándolo con aquellos enormes ojos azules que tan parecidos eran a los suyos y a los de su padre.

—Tan a menudo como pueda. Tendré mucho trabajo con mis clases, pero te llamaré.

Al marcharse, le dio un fuerte abrazo y un apretujón y la besó en las dos mejillas. Luego subió al coche con sus padres. Cada uno llevaba una pequeña maleta de fin de semana y, justo antes de cerrar la puerta, Robert le dejó un pequeño paquete en la mano y le dijo que se lo pusiera. Marie-Ange seguía sujetándolo mientras el coche se alejaba y ella y Sophie se quedaban de pie, una al lado de la otra, llorando y diciendo adiós con la mano.

En cuanto volvieron a entrar en la cocina, Marie-Ange abrió el regalo y encontró un diminuto guardapelo de oro con una foto de Robert dentro. Él estaba sonriendo, y recordó que era una fotografía de la Navidad anterior. En la otra mitad del guardapelo, había una foto diminuta de sus padres tomada el mismo día. Era muy bonito. Sophie la ayudó a ponérselo y a cerrar el broche de la fina cadena de oro de la que colgaba.

—¡Qué regalo tan bonito te ha hecho Robert! —dijo la anciana secándose los ojos y recogiendo los platos del desayuno, mientras Marie-Ange iba a admirar el guardapelo en el espejo del recibidor.

Mirarlo le hizo sonreír; volvió a sentir una punzada de soledad al ver el rostro de su hermano y a sus padres en las fotos. Su madre le había dado dos enormes besos antes de marcharse y su padre la abrazó y le revolvió los bucles, como siempre hacía, y le prometió ir a recogerla a la escuela el sábado, cuando regresaran de París. Pero la casa parecía vacía sin ellos. Fue arriba y pasó frente al dormitorio de Robert; luego siguió hasta el suyo y se sentó en la cama durante un rato, pensando en él.

Todavía estaba allí sentada, con aspecto de sentirse perdida, cuando Sophie subió a buscarla al cabo de media hora.

—¿Quieres venir a la granja conmigo? Tengo que ir a buscar huevos y prometí llevarle unas galletas a madame Fournier.

Pero Marie-Ange se limitó a mover la cabeza tristemente con un gesto negativo. Ni siquiera los encantos de la granja la seducían esta mañana. Ya estaba echando en falta a su hermano. Iba a ser un invierno muy largo y solitario en Marmouton sin él. Sophie se resignó a ir a la granja sola.

—Volveré a tiempo para el almuerzo, Marie-Ange. Quédate en el jardín. No quiero tener que buscarte por todo el bosque. ¿Me lo prometes?

—*Oui*, Sophie —dijo con prontitud.

No tenía ganas de ir a ningún sitio, pero cuando Sophie se marchó, salió al jardín y no encontró nada que hacer allí. Entonces decidió ir hasta los huertos a coger manzanas. Sabía que Sophie haría una *tarte tatin* con ellas, si le traía las suficientes en el delantal.

Pero tampoco Sophie se encontraba muy bien cuando volvió a mediodía, y preparó sopa y un *croque madame* para Marie-Ange. Normalmente era su almuerzo favorito, pero ahora solo lo picoteó. Ninguna de las dos estaba muy animada. Marie-Ange volvió al huerto a jugar y, durante un rato, se quedó cerca, tumbada en la hierba mirando al cielo, como siempre hacía, y pensando en su hermano. Estuvo allí echada mucho rato; era ya bien entrada la tarde cuando volvió lentamente hacia la casa, descalza como de costumbre y con el mismo aire desaliñado que tenía siempre a aquellas horas. Observó que el coche de la gendarmería estaba aparcado en el patio. Ni siquiera eso despertó su interés. La policía del pueblo se dejaba caer por allí de vez en cuando para saludar o tomar una taza de té con Sophie y ver qué tal iba todo. Se preguntó si sabían que sus padres se habían ido a París. Cuando entró en la cocina, vio que un policía estaba sentado junto a Sophie y que esta estaba llorando. Marie-Ange supuso que le estaba contando al policía que Robert se había marchado a París. El pensarlo hizo que Marie-Ange se llevará la mano al guardapelo.

Durante toda la tarde, lo había tocado con frecuencia; quería asegurarse de no haberlo perdido en el huerto. Cuando se adentró más en la cocina, tanto el policía como Sophie dejaron de hablar. La anciana la miró con tanta desolación en los ojos que Marie-Ange se preguntó qué había pasado. Podía sentir que era algo más que la marcha de Robert. De repente, se preguntó si le habría pasado algo a la hija de Sophie. Ninguno de los dos adultos dijo una palabra, solo siguieron con la mirada clavada en la niña y Marie-Ange notó que una extraña oleada de temor la recorría de arriba abajo.

Hubo una pausa interminable, mientras Sophie miraba al gendarme y luego a la niña. Después le abrió los brazos.

—Ven, siéntate aquí, tesoro.

Se dio unas palmaditas en la falda, algo que no había hecho desde hacía mucho tiempo, porque ahora Marie-Ange era casi tan alta como ella. Y en cuanto Marie-Ange se sentó encima de sus rodillas, notó cómo la rodeaban aquellos frágiles y viejos brazos. No había manera de que Sophie consiguiera pronunciar las palabras necesarias para decirle a la niña lo que ella acababa de saber. El gendarme comprendió que tendría que ser él quien lo hiciera.

—Marie-Ange —dijo solemnemente; la niña notó que Sophie temblaba detrás de ella. De repente, lo único que quería era taparse los oídos con las manos y echar a correr. No quería oír nada de lo que él iba a decirle. Pero no podía detenerlo.

—Ha habido un accidente en la carretera de París.

Notó que se quedaba sin respiración, que se le desbocaba el corazón. ¿Qué accidente? No podía haber habido ninguno. Pero alguien debía de haber resultado herido para que él estuviera allí y lo único que podía hacer era rezar para que no hubiera sido Robert.

—Un accidente horrible —continuó el policía pausadamente mientras Marie-Ange sentía que el terror crecía en su interior como un maremoto—. Tus padres y tu hermano —empezó a decir mientras la niña se levantaba de un salto de las rodillas de Sophie y trataba de huir corriendo de la cocina, pero él la cogió, sujetándola con firmeza por el brazo. Por mucho que le doliera hacerlo, sabía que tenía que decírselo—. Murieron los tres, hace una hora. El coche chocó contra un camión que había perdido el control y murieron los tres de forma instantánea. La policía de la autopista acaba de llamarnos.

Las palabras terminaron tan súbitamente como habían empezado y Marie-Ange permaneció inmóvil, paralizada, notando cómo le latía desbocado el corazón y escuchando el tictac del reloj en el silencio de la cocina. Clavó una mirada llena de furia en el policía.

—¡No es verdad! —le gritó—. ¡Es una mentira! ¡Mis padres y Robert no han muerto en un accidente! Están en París.

—No llegaron allí —dijo abrumado mientras Sophie dejaba escapar un sollozo.

En el mismo momento, Marie-Ange empezó a gritar, enloquecida, y a debatirse para librarse de la fuerte mano que la sujetaba. Sin saber qué hacer para no lastimarla, el policía la soltó y, como un torpedo, la niña se lanzó fuera de la casa y echó a correr en dirección al huerto. El hombre no estaba seguro de lo que debía hacer y se volvió hacia Sophie reclamando ayuda. No tenía hijos y aquella no era una tarea que le entusiasmara.

—¿Debo ir a buscarla?

Pero Sophie se limitó a negar con la cabeza y a secarse los ojos con el delantal.

—Déjela por ahora. Yo iré a buscarla dentro de un rato. Necesita algo de tiempo para asimilar todo esto.

Pero lo único que Sophie podía hacer era llorar aquellas muertes y preguntarse qué iba a pasar con ella y con Marie-Ange. Era tan impensable, tan insoportable... aquellas tres personas adorables muertas en un instante. La escena de la carnicería que el gendarme le había descrito era tan horrible que Sophie apenas había podido escucharlo. Su única esperanza era que no hubieran sufrido. Lo único que podía hacer era preocuparse por Marie-Ange y por lo que sería de ella sin sus padres. Cuando se lo preguntó al gendarme, este le dijo que no tenía ni idea y que estaba seguro de que el abogado de la familia se pondría en contacto con ellas para hablar de lo que hubiera dispuesto. No pudo contestar a las preguntas de Sophie.

Estaba ya oscureciendo cuando el policía se marchó y Sophie salió a buscar a Marie-Ange. No le costó encontrarla. La niña estaba sentada junto a un árbol, con la cara entre las rodillas como una bolita angustiada, sollozando. Sophie no le dijo nada, pero se inclinó hasta sentarse en el suelo, a su lado.

—Es la voluntad de Dios, Marie-Ange. Se los ha llevado al cielo —dijo a través de sus propias lágrimas.

—No. No lo ha hecho —insistió la pequeña—. Y si lo ha hecho, lo odio.

—No digas eso. Debemos rezar por ellos.

Mientras lo decía, rodeó a Marie-Ange con sus brazos y permanecieron allí sentadas largo rato, llorando juntas, mientras Sophie mecía a la niña suavemente hacia delante y hacia atrás, abrazándola. Era ya oscuro cuando volvieron por fin a la casa. Sophie seguía rodeándola con el brazo. Marie-Ange parecía aturdida mientras avanzaba a trompicones hacia el *château.* Entonces, al llegar al patio, levantó la mirada hacia Sophie, aterrada.

—¿Qué nos va a pasar ahora? —preguntó en un susurro cuando sus ojos encontraron los de la anciana—. ¿Nos quedaremos aquí?

—Eso espero, cariño, pero no lo sé —respondió Sophie sinceramente.

No quería hacerle promesas que no pudiera cumplir y no tenía ni idea de lo que iba a pasar. Sabía que no había abuelos ni parientes; nadie había venido nunca a verlos desde Estados Unidos. Por lo que ella sabía, no había parientes por la parte del padre ni de la madre y Sophie creía, y Marie-Ange sentía, que ahora la niña estaba sola en el mundo. Al contemplar un futuro sin sus padres ni Robert, Marie-Ange notó que una oleada de terror la inundaba y le pareció como si se estuviera ahogando. Peor aún, nunca volvería a ver a sus padres ni a su hermano. La vida protegida, segura y llena de amor que había conocido hasta entonces había acabado tan bruscamente como si ella también hubiera muerto con ellos.

2

El funeral se celebró en la capilla de Marmouton y acudió una multitud de gente de las granjas vecinas y del pueblo. Allí estaban los amigos de sus padres y de Robert, toda su clase de la escuela, salvo los que habían partido para universidades en otros lugares, y los socios y empleados de la empresa de su padre. Habían preparado una comida en el *château* y todo el mundo fue allí, después, a comer, beber o charlar, pero no había nadie a quien consolar, excepto la niña que se había quedado sola y el ama de llaves que tanto la quería.

Al día siguiente del funeral, el abogado del padre de Marie-Ange fue a explicarles cuál era la situación. Marie-Ange solo tenía un familiar vivo, la tía de su padre, Carole Collins, en un lugar llamado Iowa. Marie-Ange solamente recordaba haber oído hablar de ella una o dos veces y también que a su padre no le caía bien. Nunca había venido a Francia, nunca se habían visitado ni escrito y Marie-Ange no sabía nada más de ella.

El abogado les dijo que la había llamado y que estaba dispuesta a acoger a Marie-Ange en su casa. El abogado dijo que se encargaría de «disponer» del *château* y del negocio de su padre, lo cual no significaba nada para la niña a sus once años. Dijo que había algunas «deudas», un término que también le resultaba misterioso, y habló del patrimonio de sus padres mientras la pequeña lo miraba aturdida.

—¿No es posible que siga viviendo aquí, monsieur? —preguntó Sophie a través de las lágrimas, y él negó con la cabeza.

No podía dejar a una niña tan pequeña en un *château*, sola con una sirvienta vieja y delicada para cuidarla. Había que tomar decisiones respecto a su educación y a su vida y no se podía esperar que Sophie asumiera esa carga. En el despacho de John ya le habían dicho que la anciana ama de llaves tenía mala salud y, por muy buenas que fueran las intenciones de Sophie, le parecía mejor enviar a la niña a vivir con parientes que cuidaran de ella y tomaran las decisiones acertadas. Dijo que podía ofrecerle una pensión y le conmovió ver que eso no tenía ninguna importancia para ella. Solamente le preocupaba lo que pudiera sucederle a Marie-Ange allá tan lejos con unos extraños. Sophie estaba desesperadamente preocupada por ella. La niña apenas había comido desde el día en que murieron sus padres y no encontraba ningún consuelo. Lo único que hacía era permanecer tumbada en la hierba, cerca del huerto, con la mirada fija en el cielo.

—Estoy seguro de que tu tía es una mujer muy agradable —le dijo el abogado directamente a Marie-Ange para tranquilizarla.

Ella se limitó a continuar mirándolo fijamente, incapaz de responder que su padre decía que su tía era «mezquina de espíritu y estrecha de mente». A Marie-Ange eso no le sonaba «muy agradable».

—¿Cuándo la enviará con su tía? —preguntó Sophie en un susurro, después de que la niña se fuera.

No podía ni imaginar cómo sería separarse de ella.

—Pasado mañana —dijo él, y la anciana rompió en sollozos—. La llevaré yo mismo a París y la acompañaré hasta el avión. Volará hasta Chicago y luego cambiará de avión. Su tía hará que alguien la recoja y la lleve a la granja. Creo que es donde creció el señor Hawkins —añadió para tranquilizarla.

Pero su pérdida era demasiado enorme como para que eso le sirviera de consuelo. No solo había perdido a unos patronos a los que admiraba y quería, sino que estaba a punto de perder a la niña que había adorado desde el momento en que la vio por primera vez. Marie-Ange era un rayo de sol para todos los que la conocían. Y no había pensión alguna que pudiera compensarla por lo que estaba a punto de perder ahora. Era casi como perder a su propia hija; en cierto modo, más duro todavía, porque la niña la necesitaba y porque era tan abierta y tan cariñosa.

—¿Cómo sabremos que son buenos con ella? —preguntó Sophie con expresión angustiada—. ¿Qué pasará si no es feliz?

—No tiene otra alternativa —dijo él sencillamente—. Es su única familia, madame. Debe vivir allí y es una suerte que la señora Collins la acepte.

—¿Tiene hijos? —preguntó Sophie aferrándose a la esperanza de que Marie-Ange encontrara consuelo y amor allí.

—Creo que es bastante mayor, pero parece inteligente y sensata. Se quedó sorprendida cuando la llamé, pero se mostró dispuesta a acoger a la niña. Dijo que la enviáramos con ropa de abrigo, porque allí hace frío en invierno.

Igual podía haber sido la luna, por lo que Sophie sabía de Iowa. No soportaba la idea de mandar a Marie-

Ange tan lejos y se juró que enviaría toda la ropa de abrigo que pudiera y todo lo que Marie-Ange amaba de su habitación; juguetes y muñecas, fotografías de Robert y de sus padres, para que, por lo menos, tuviera algunas cosas familiares con ella.

Se las arregló para meterlo todo en tres enormes maletas; el abogado no hizo ningún comentario sobre el volumen del equipaje cuando fue a recoger a Marie-Ange al cabo de dos días. Al mirarla, sentía un gran dolor en el corazón. Parecía que la pequeña hubiera recibido un golpe mortal de tal calibre que apenas podía tolerar o asumir lo que había pasado. En sus ojos había una mirada de conmoción y angustia que solo empeoró mientras sollozaba entre los brazos de Sophie. La anciana parecía igual de deshecha mientras la estrechaba contra su pecho. El abogado permaneció allí durante diez minutos, impotente e incómodo, mientras ellas lloraban. Finalmente, tocó con suavidad el hombro de la niña.

—Tenemos que irnos, Marie-Ange. No queremos perder el avión en París.

—Yo sí que quiero —dijo ella sollozando con una tristeza insondable—. No quiero ir a Iowa. Quiero quedarme aquí.

El abogado no le recordó que iban a vender el *château* con todo lo que contenía. No había razón alguna para conservarlo, siendo Marie-Ange tan pequeña y marchándose tan lejos. Su vida en el *château* de Marmouton había tocado a su fin y, tanto si él se lo decía como si no, ella lo sabía. Antes de marcharse, miró alrededor con desesperación, como si tratara de llevárselo todo con ella. Sophie seguía llorando, sin poderse contener, mientras el automóvil se alejaba y ella prometía escribir a Marie-Ange cada día. El coche ya había desaparecido cuando la anciana se dejó caer de rodillas en el patio, sollozando angustiada. Luego entró en la cocina y volvió a su casita para empaquetar sus cosas. Lo dejó todo inmaculadamente limpio y, después de echar una mirada alrededor, salió al sol de septiembre cerrando la puerta detrás de ella. Ya había hecho planes para quedarse con sus amigos de la granja durante un tiempo; después tendría que irse a Normandía, a vivir con su hija.

Durante el largo viaje hasta París, Marie-Ange no le dijo ni una palabra al abogado de sus padres. Al principio él intentó iniciar una conversación con ella, pero finalmente lo dejó correr. Ella no tenía nada que decir y él sabía que había poco, si es que acaso había algo, que pudiera decir para consolarla. Sencillamente la niña tendría que aprender a vivir con su dolor y forjarse una nueva vida con su tía abuela en Iowa. Estaba seguro de que, con el tiempo, sería feliz. No podía seguir desconsolada eternamente.

Se detuvieron para almorzar a medio camino, pero ella no comió nada en absoluto; cuando, más tarde, él le ofreció un helado en el aeropuerto, hizo un gesto negativo, rechazándolo. Los ojos azules parecían enormes en su cara y los bucles estaban algo despeinados. Sophie le había puesto un bonito vestido azul con un bordado de nido de abeja que su madre le había comprado en París. Y llevaba un jersey azul a juego. También calzaba sus mejores zapatos de piel y llevaba el guardapelo de oro que había sido el último regalo de su hermano. Al mirarla, habría sido imposible adivinar que se había pasado todo el verano corriendo descalza y desaliñada por los huertos. Cuando subió al avión parecía una princesita trágica y él permaneció mucho rato mirándola; ella no se volvió ni una sola vez para hacer un gesto de despedida.

No dijo nada, salvo un educado, «*Au revoir, monsieur*», cuando le estrechó la mano. Luego la azafata se la llevó para subir al avión que la llevaría a Chicago. Él les había explicado que la niña había perdido a toda su familia y que la enviaban a reunirse con unos parientes de Iowa. Les resultaba fácil ver que era terriblemente desgraciada.

La azafata jefe estaba abrumada de compasión por Marie-Ange y había prometido que no la perdería de vista durante el viaje y que se encargaría de que subiera al siguiente vuelo, cuando llegaran a Chicago. El abogado le dio las gracias cortésmente, pero le dolía el corazón al pensar en lo que estaba pasando Marie-Ange. Se sentía contento de que, por lo menos, tuviera una tía abuela para acogerla y darle consuelo.

Se quedó allí hasta que el avión despegó. Luego se marchó. Inició el largo viaje de vuelta a Marmouton, pensando no solo en la niña, sino en el trabajo que todavía le quedaba por hacer, disponer de las pertenencias de la familia, del *château* y del negocio del padre. Y daba gracias a que, por el bien de la niña, su padre hubiera dejado sus asuntos en buen orden.

En el avión, Marie-Ange permaneció despierta durante la mayor parte de la noche, y solo después de que se lo hubieran rogado varias veces, comió un poco de pollo y unos bocados de pan. Pero aparte de eso, no comió nada ni dijo nada a nadie. Estuvo sentada con la mirada fija en la ventanilla, como si pudiera ver algo afuera; pero no había nada que ver, nada en lo que soñar, nada que esperar. A sus once años, sentía que toda su vida había quedado atrás. Y cuando cerró por fin los ojos, vio las caras de sus padres y su hermano con tanta claridad como si las estuviera mirando en el guardapelo. También llevaba con ella una fotografía de Sophie y la dirección de su hija. Marie-Ange le había prometido escribirle tan pronto como llegara a la granja de su tía abuela y Sophie le había prometido contestarle.

Llegaron a Chicago a las nueve de la noche, y una hora después ya estaba en el avión con destino a Iowa, con sus tres enormes maletas facturadas como equipaje. A las once y media, mientras Marie-Ange miraba por la ventana, el avión aterrizó en Fort Dodge. Afuera estaba oscuro y era difícil distinguir algo, pero el terreno parecía llano en muchos kilómetros a la redonda. El aeropuerto le pareció diminuto mientras una azafata la acompañaba por la escalera hasta la pista y luego hasta el interior de la terminal, donde un hombre con sombrero vaquero de ala ancha la estaba esperando. Llevaba bigote y tenía los ojos oscuros y serios; Marie-Ange se asustó cuando él se presentó a la azafata diciendo que era el capataz de la tía abuela de la niña. La señora Collins le había dado una carta que le autorizaba a recoger a Marie-Ange y la azafata a cargo de la pequeña le entregó su pasaporte. Luego se despidió de ella, el capataz la cogió de la mano y fueron a buscar las maletas. Él se sorprendió por su tamaño y número y le sonrió mirándola desde arriba.

—Es una suerte que haya traído la camioneta, ¿eh? —dijo, pero ella no contestó.

De repente se le ocurrió que quizá ella no hablara inglés, pese a que su padre era norteamericano. Lo único que había dicho era *goodbye* a la azafata, y él observó que tenía acento francés. Pero no era extraño; se había criado en Francia y su madre era francesa.

—¿Tienes hambre? —le preguntó pronunciando las palabras con mucha claridad para que ella lo entendiera.

La niña negó con la cabeza, pero no dijo nada.

Hizo que un mozo llevara una de las maletas a la camioneta y él cogió las otras dos. De camino, le dijo que se llamaba Tom y que trabajaba para su tía Carole. Marie-Ange escuchaba y asentía. Él se preguntó si su silencio se debía a que estaba traumatizada por la muerte de sus padres o si simplemente era tímida. Tenía una mirada de tan profunda tristeza en sus ojos que se le partía el corazón.

—Tu tía es una buena mujer —dijo para tranquilizarla mientras arrancaba, después de poner las maletas en la parte trasera de la camioneta.

Marie-Ange no hizo ningún comentario. Ya odiaba a su tía por habérsela llevado lejos de su casa y de Sophie. Marie-Ange deseaba quedarse en su casa, en Marmouton. Más de lo que ninguno de ellos podía llegar a imaginar.

Siguieron durante una hora, y era casi la una de la madrugada cuando Tom salió de la carretera y tomó un estrecho camino que recorrieron, dando tumbos, durante unos minutos. Luego Marie-Ange vio dos silos, un granero y otros edificios. Le pareció un sitio grande, pero tan diferente de Marmouton como si hubiera estado en otro planeta. A ella le habría dado igual. Cuando se detuvieron delante de la casa, no salió nadie a recibirlos. Tom sacó las maletas del coche y entró en la cocina, vieja y destartalada. Marie-Ange se quedó de pie en el umbral, vacilando. Parecía tener miedo de lo que encontraría allí dentro. Él se volvió hacia ella con una amable sonrisa y le hizo un gesto para que entrara.

—Venga, entra, Marie —dijo, olvidando la mitad de su nombre—. Voy a ver si encuentro a tu tía Carole. Dijo que te esperaría levantada.

Para entonces Marie-Ange llevaba veintidós horas

viajando y estaba exhausta, pero sus ojos parecían enormes cuando lo miró. Se sobresaltó cuando oyó un ruido y entonces vio una anciana en una silla de ruedas, observándolos desde la puerta, con una habitación débilmente iluminada detrás de ella. Era una visión aterradora para una niña de once años.

—Vaya vestido tan absurdo para llevarlo en una granja —dijo la mujer a modo de saludo.

Tenía la cara angulosa, severa, y unos ojos que solo recordaban vagamente a los del padre de Marie-Ange. Y unas manos largas y huesudas que descansaban en las ruedas de la silla. Marie-Ange se sobresaltó al ver que era inválida y se sintió algo asustada.

—Parece como si fueras a una fiesta.

No era un cumplido, sino una crítica, y Sophie había metido en las maletas muchos otros vestidos «absurdos» como aquel.

—¿Hablas inglés? —preguntó con brusquedad aquella mujer, que Marie-Ange supuso que era su tía abuela.

La niña asintió.

—Gracias por ir a recogerla, Tom —le dijo al capataz.

El hombre le dio a Marie-Ange unas palmaditas de ánimo en el hombro. Él tenía hijos y nietos y sentía lástima por aquella niña, que estaba tan lejos de su casa por unos motivos tan trágicos. Era una niñita muy bonita; la había notado aterrorizada durante todo el viaje desde el aeropuerto, pese a sus esfuerzos por tranquilizarla. Sabía que Carole Collins no era precisamente una mujer afectuosa. No había tenido hijos y nunca demostró interés en hablar con niños. Los hijos de sus empleados y amigos no significaban nada para ella. Era irónico que aquella niña se cruzara en su camino al final de su vida. El capataz confiaba en que se ablandara un poco.

—Debes de estar cansada —dijo la mujer mirando a Marie-Ange cuando se quedaron solas en la cocina.

Marie-Ange tuvo que luchar por contener las lágrimas mientras añoraba los cariñosos brazos de Sophie.

—Puedes irte a la cama enseguida.

Marie-Ange estaba cansada y además ahora tenía hambre, pero Carole Collins era la primera persona que aquella noche no le ofrecía algo de comer y a ella le daba miedo pedírselo.

—¿Tienes algo que decir? —preguntó la anciana mirando directamente a la niña, y esta pensó que era un reproche por no haberle dado las gracias.

—Gracias por dejarme venir —dijo en un inglés preciso aunque con acento.

—No creo que ninguna de las dos pudiéramos elegir —dijo Carol Collins con realismo—. Tendremos que sacar el máximo partido de la situación. Aquí te ocuparás de algunas tareas. —Quería dejar las cosas claras desde el principio—. Espero que hayas traído algo más sensato para ponerte —dijo por encima de su hombro mientras daba media vuelta a la silla con mano experta.

Carole Collins tuvo la polio de pequeña y no recuperó el uso de las piernas. Aunque hubiera podido ir de un sitio a otro con muletas y aparatos ortopédicos en las piernas, no había querido hacerlo. La silla era menos humillante y más eficaz y hacía más de cincuenta años que la usaba. Había cumplido setenta años en abril. Su marido murió en la guerra y no se había vuelto a casar. La granja era de su padre y ella la administraba bien. Al cabo del tiempo, cuando su hermano murió, unió las dos propiedades. Su hermano era el padre de John y su cuñada se había vuelto a casar y se había trasladado a otro lugar, más que contenta con que su cuñada le comprara su parte de la propiedad. Carole Collins era la única superviviente de la familia. Sabía mucho de labranza y absolutamente nada de niños.

Le había cedido de mala gana el cuarto de invitados a Marie-Ange, aunque de todos modos casi nunca iba nadie a visitarla. Pero a Carole le parecía como si malgastara una buena habitación. Acompañó a Marie-Ange hasta allí, cruzando la sala de estar apenas iluminada y recorriendo un pasillo largo y oscuro. Marie-Ange la siguió. Tuvo que luchar por contener las lágrimas en cada centímetro del pasillo, lágrimas de profundo dolor, de terror y de agotamiento. La habitación que vio cuando Carole encendió la luz era austera y desnuda. Había un crucifijo en una pared y un grabado de Norman Rockwell en otra. La cama tenía el armazón de metal, un colchón delgado con dos sábanas y una manta pulcramente dobladas encima, una única almohada y una toalla. Había un pequeño armario y un estrecho tocador. Incluso Marie-Ange podía ver que no había espacio para poner todo lo que había traído en sus tres enormes maletas, pero se enfrentaría a aquel problema por la mañana.

—El cuarto de baño está al otro lado del vestíbulo —explicó Carole—. Lo compartes conmigo y será mejor que no te entretengas mucho dentro, aunque supongo que no eres lo bastante mayor para eso.

Marie-Ange asintió. A su madre siempre le había gustado tomar baños largos y pausados, y cuando salían, pasaba mucho rato maquillándose. A la niña le encantaba sentarse y mirarla. Pero Carole Collins no iba maquillada. Vestía unos vaqueros y una camisa de hombre y llevaba el pelo gris muy corto, igual que las uñas. No había nada frívolo ni especialmente femenino en ella. Mientras se miraban la una a la otra, a Marie-Ange solo le parecía vieja y desagradable.

—Supongo que sabes hacerte la cama. Si no, ya te las arreglarás —dijo sin calor alguno.

Marie-Ange asintió. Sophie le había enseñado a hacerse la cama hacía mucho tiempo, aunque nunca conseguía hacerla demasiado bien, y cuando Sophie la ayudaba, Robert se quejaba porque él tenía que hacerse la suya solo.

Carole y Marie-Ange, parientes lejanas, se miraron durante un buen rato. Carole, con los ojos entrecerrados, estudiaba a la niña.

—Te pareces mucho a tu padre cuando era niño. La última vez que lo vi fue hace veinte años —añadió, y no parecía lamentarlo mucho.

A Marie-Ange le vinieron a la cabeza las palabras «mezquina de espíritu» y empezó a comprender. Su tía abuela parecía fría, dura y desdichada; pensó que quizá era por estar en una silla de ruedas. Pero estaba lo bastante bien educada como para no preguntárselo. Sabía que su madre no habría querido que lo hiciera.

—No he vuelto a verlo desde que se fue a Francia. Siempre me pareció una locura, cuando aquí tenía tanto que hacer. Para su padre fue muy duro que se fuera, con todo el trabajo de la granja, pero a él no parecía importarle mucho. Supongo que se fue detrás de tu madre.

Lo dijo como si fuera una acusación y Marie-Ange tuvo la sensación de que esperaba que ella se disculpara, pero no lo hizo. Ahora entendía por qué su padre se había marchado a París. La casa en la que su tía estaba encerrada era triste y deprimente y su tía era todo menos cordial, por decirlo suavemente. Se preguntaba si el resto de la familia se había parecido a ella. Carole Collins era absolutamente diferente de su madre, que era cálida y gentil y estaba llena de vida y alegría y era muy, muy bonita. No le extrañaba que su padre se hubiera ido a buscarla, especialmente si las demás mujeres de Iowa eran como la que tenía delante. Si Marie-Ange hubiera sido mayor, se habría dado cuenta de que, por encima de todo, Carole Collins era una amargada. La vida no la había tratado bien, dejándola inválida a una edad temprana y llevándose a su marido unos años después. En su vida tuvo muy pocas alegrías y ella no tenía ninguna que ofrecer.

—Te despertaré cuando me levante —advirtió; y Marie-Ange se preguntó qué querría decir eso, pero no se atrevió a preguntarlo—. Me ayudarás a preparar el desayuno.

—Gracias —murmuró la niña con los ojos llenos de lágrimas.

La anciana no pareció darse cuenta. Dio media vuelta a la silla y se alejó por el pasillo. Marie-Ange cerró la puerta, se sentó en la cama y luego hurgó en las maletas hasta que encontró sus camisones, perfectamente doblados por Sophie. Tenían unos pequeños bordados, del algodón más fino, que Sophie había hecho con sus viejas y nudosas manos. Como todo lo que tenía, los habían comprado en París. De alguna manera, Marie-Ange sabía que Carole Collins no había visto nada parecido en su vida y que no le interesaría lo más mínimo.

Marie-Ange se acostó. Aquella noche permaneció despierta en la oscuridad durante mucho rato, preguntándose qué había hecho para merecer aquel terrible destino. Robert y sus padres se habían ido, y Sophie con ellos, y no le quedaba más que aquella aterradora anciana, en aquel lugar sombrío. Lo único que deseaba aquella noche, echada en la cama mientras oía los ruidos desconocidos que le llegaban del exterior, era que sus padres la hubieran llevado con ellos cuando se fueron a París con Robert.

3

Todavía estaba oscuro cuando la tía Carole fue a buscar a Marie-Ange a la mañana siguiente. Desde el umbral, sentada en su silla de ruedas, le dijo que se levantara, dio media vuelta bruscamente a la silla y se impulsó hasta la cocina. Cinco minutos después, con el pelo revuelto y los ojos adormilados, Marie-Ange se reunió con ella. Eran las cinco y media de la mañana.

—En la granja nos levantamos temprano, Marie —dijo, omitiendo la segunda mitad del nombre con una determinación estudiada.

Después de un momento, Marie-Ange la miró y habló en voz alta y clara.

—Me llamo Marie-Ange —dijo con una mirada llena de nostalgia y un acento que otros habrían encontrado encantador.

Pero no era el caso de Carole Collins. Para ella solo era un recordatorio de lo estúpido que había sido su sobrino; además, pensaba que el nombre doble sonaba pretencioso.

—Marie será suficiente aquí —dijo poniendo una botella de leche, una barra de pan y un tarro con mermelada en la mesa. Era el desayuno—. Puedes hacerte una tostada si quieres —dijo señalando una tostadora de cromo, antigua y oxidada, que había en la encimera.

Sin decir nada, Marie-Ange puso dos rebanadas de pan en la tostadora, deseando que hubiera huevos y jamón, como Sophie solía preparar, o melocotones del huerto.

Cuando la tostada estuvo lista, Carole cogió una de las rebanadas y la untó con una pequeña cantidad de mermelada. Dejó la otra tostada para Marie-Ange y guardó el pan. Era evidente que su desayuno era muy frugal y Marie-Ange se moriría de hambre.

—Haré que Tom te lo enseñe todo y te diga qué tareas tienes que hacer. A partir de ahora, cuando te levantes, te haces la cama, vienes aquí y preparas el desayuno para las dos, tal como te he enseñado, y te ocupas de tus tareas antes de ir a la escuela. Aquí todos trabajamos y tú también lo harás. Si no lo haces —añadió con una mirada amenazadora—, no hay ninguna razón para que permanezcas aquí y puedes ir a vivir en una institución estatal para niños huérfanos. Hay una en Fort Dodge. Te irá mucho mejor aquí, así que no pienses que podrás librarte de hacer tus tareas o de trabajar para mí. No podrás, si quieres quedarte aquí.

Marie-Ange asintió como atontada, sabiendo como nunca antes lo que significaba ser huérfana.

—Empiezas la escuela dentro de dos días, el lunes. Mañana iremos juntas a la iglesia. Tom nos llevará en el coche. —No se había comprado un coche especialmente adaptado, que ella pudiera conducir. Aunque se lo podía haber permitido, no quería gastarse el dinero—. Hoy, cuando acabes tus tareas, iremos a la ciudad y te compraremos algo de ropa decente para trabajar. No creo que hayas traído nada útil contigo.

—No lo sé, madame... tía... señora... —Marie-Ange luchaba por encontrar las palabras mientras su tía la miraba; en lo único que podía pensar era en los retortijones de su estómago vacío. Apenas había comido nada en el avión y absolutamente nada la noche anterior y le dolía el estómago de tanta hambre como tenía—. Sophie hizo las maletas —explicó sin decir quién era Sophie, y tía Carole no se lo preguntó—. Tengo algunos vestidos que me ponía para jugar.

Pero todos los que estaban rotos se habían quedado en Marmouton porque Sophie había dicho que su tía pensaría que eran una vergüenza.

—Echaremos una mirada a lo que has traído después de desayunar —dijo su tía abuela sin sonreír—. Y será mejor que estés preparada para trabajar. Tenerte aquí me va a costar mis buenos dineros. No puedes esperar que te dé cama y comida gratis, sin hacer nada para pagar por ello.

—Sí, señora —dijo Marie-Ange asintiendo solemnemente.

La anciana de la silla de ruedas le dirigió una mirada feroz mientras la niña se esforzaba por no temblar.

—Puedes llamarme tía Carole. Ahora puedes lavar los platos.

Marie-Ange lo hizo rápidamente. Solo habían usado un plato cada una para la tostada y una taza para el café de Carole. Volvió a su habitación sin saber qué más hacer y se quedó sentada en la cama, mirando las fotografías de sus padres y su hermano, que había puesto encima del tocador, mientras acariciaba el guardapelo con la mano.

Se sobresaltó cuando oyó que su tía abuela entraba en el dormitorio.

—Quiero ver qué has traído en esas tres maletas absurdas. Ningún niño debe tener tantos vestidos, Marie-Ange. Es un pecado.

Marie-Ange bajó de la cama y abrió, obediente, las maletas. Sacó un vestido tras otro bordados con nido de abeja, los camisones también bordados y varios abrigos que su madre le había comprado en París y en Londres. Se los ponía para ir a la escuela y a la iglesia los domingos y a París cuando iba con sus padres. Carole los miró con agria desaprobación.

—Aquí no necesitas cosas así.

Se impulsó hasta donde estaba Marie-Ange y empezó a sacar cosas de las maletas. Luego hizo un pequeño montón, encima de la cama, con jerséis, pantalones y una o dos faldas. Marie-Ange sabía que no eran cosas bonitas, pero Sophie había dicho que irían bien para la escuela. Pensó que su tía las apartaba porque eran feas. Sin decir palabra, Carole volvió a cerrar las maletas y le dijo que guardara las cosas de encima de la cama en el armario. Marie-Ange no entendía qué estaba haciendo. Luego tía Carole le dijo que fuera a buscar a Tom para saber cuáles eran sus tareas y, a continuación, desapareció para dirigirse a su habitación, al otro extremo del oscuro corredor.

El capataz la estaba esperando fuera y la llevó al establo, donde le enseñó a ordeñar una vaca y las otras pequeñas labores que se esperaba que hiciera. A Marie-Ange no le parecieron demasiado difíciles, aunque eran muchas las cosas que su tía quería que hiciera. Tom le dijo que si no podía acabarlas por la mañana, antes de ir a la escuela, podía hacer parte de la limpieza al final de la tarde, antes de cenar. Pasaron sus buenas dos horas antes de que la devolviera con su tía Carole.

Marie-Ange se sorprendió al verla vestida en el porche, sentada en su silla de ruedas, esperándolos. Habló a Tom, no a la niña, para decirle que cogiera las maletas de

Marie-Ange y que luego las llevara, a ella y a la niña, a la ciudad en la camioneta. Marie-Ange la miró aterrorizada. Lo único que podía pensar era que, después de todo, la iban a dejar en el orfanato. Y mientras los seguía hasta la camioneta que la había recogido la noche anterior, vio que el capataz tiraba las maletas a la parte trasera. Marie-Ange no dijo ni preguntó nada. Su vida ahora era un largo, interminable horror. Tenía los ojos inundados de lágrimas cuando entraron en la ciudad y Carole le dijo a Tom que parara delante de Goodwill. El capataz desplegó la silla de ruedas y la ayudó a acomodarse en ella. Luego Carole le dijo que llevara las maletas adentro. Marie-Ange continuaba preguntándose qué le iba a pasar. No tenía ni idea de dónde estaban ni adónde iban ni por qué estaban allí con sus maletas y su tía no le había ofrecido ninguna explicación para tranquilizarla.

Las mujeres del mostrador parecieron reconocer a Carole cuando entró impulsando su silla de ruedas. Tom la seguía cargado con las maletas de Marie-Ange, que dejó cerca del mostrador obedeciendo las órdenes de Carole.

—Necesitamos algunos pantalones de peto para mi sobrina —explicó.

Marie-Ange soltó, en silencio, un suspiro de alivio. Quizá no iban al orfanato y, por lo menos de momento, no iba a pasarle nada demasiado horrible. Su tía seleccionó tres pares de pantalones, algunas camisetas manchadas, una sudadera de aspecto gastado y unas zapatillas casi nuevas. Luego eligieron un feo chaquetón guateado, de color marrón que le venía grande, pero le dijeron que la abrigaría en invierno. Mientras se probaba la ropa, Marie-Ange les dijo en voz baja que acababa de llegar de Francia y Carole se apresuró a explicar que había traído tres maletas llenas de cosas inútiles y las señaló.

—Pueden quedárselo todo; descuentan lo que acabamos de comprar y me dan crédito por el resto. No va a necesitar nada de eso aquí, y menos aún si acaba en el orfanato. Allí llevan uniforme —dijo con intención mirando a Marie-Ange.

A la niña empezaron a rodarle las lágrimas por las mejillas y las mujeres del mostrador sintieron pena por ella.

—¿Puedo quedarme con algunas cosas, tía Carole? ¿Mis camisones... y mis muñecas...?

—Aquí no tendrás tiempo para jugar con muñecas. —Luego vaciló un momento y dijo—: Quédate los camisones.

Marie-Ange metió las manos en una de las maletas y los buscó; cuando los encontró, los estrechó contra su pecho. Todo lo demás iba a desaparecer para siempre, todo lo que su madre le había comprado, aquellas cosas que a su padre tanto le gustaba verle puestas. Era como si le arrancaran lo último que le quedaba de la vida que había perdido y no podía parar de llorar. Tom tuvo que apartarse para no verla aferrada a sus camisones y mirando a su tía absolutamente destrozada. Pero Carole no dijo nada; solo se impulsó fuera de la tienda, a la acera. El capataz y la niña la siguieron. Carole, sin hablar, le entregó a Tom el paquete con las compras. A Marie-Ange ya ni siquiera le importaba que la llevaran al orfanato; nada podía ser peor que lo que le estaba pasando. Mientras volvían a la granja en silencio, sus ojos hablaban de mil angustias y escasos consuelos. Cuando vio de nuevo el conocido establo, comprendió que no iba al orfanato, no ahora, por lo menos; quizá solo iría si irritaba mucho a tía Carole.

Fue a su habitación a guardar sus viejos camisones y las cosas nuevas que le habían comprado. Diez minutos más tarde, su tía tenía el almuerzo preparado. Consistía en un delgado sándwich de jamón sin mayonesa ni mantequilla, un vaso de leche y una única galleta. Era como si a la anciana le doliera darle cada bocado que comía, cada migaja que le costaba. Ni por un momento se le ocurrió pensar en los cientos de dólares de crédito que Carole acababa de conseguir en la tienda a cambio del guardarropa de Marie-Ange. De hecho, por lo menos de momento, la niña era un beneficio más que una carga.

Durante el resto del día, Marie-Ange se ocupó de sus tareas y no vio a su tía hasta la hora de cenar, una cena que fue también escasa. Tomaron un diminuto pan de carne que Carole había hecho y unas verduras hervidas con un sabor desagradable. El gran premio para el postre fue una gelatina verde.

Marie-Ange fregó los platos y se acostó. Permaneció despierta durante mucho rato, pensando en sus padres y en todo lo que le había pasado desde que murieron. Ya no podía imaginar otra vida que no estuviera llena de terror, soledad y hambre. El pesar por haber perdido a toda su familia era tan agudo que a veces creía que no podría soportarlo. Y mientras pensaba en todo aquello, comprendió de repente y con toda precisión, lo que su padre quería decir cuando llamó a su tía mezquina de espíritu y estrecha de mente. Sabía que su madre, con toda su alegría, amor y vivacidad, habría odiado a Carole aún más que él. Pero no servía de nada pensar en eso. Ellos se habían ido, ella estaba allí y no tenía más remedio que superarlo.

Al día siguiente fueron a la iglesia, de nuevo en la camioneta y acompañadas por Tom. A Marie-Ange el servicio le pareció largo y tedioso. El pastor habló del infierno, del adulterio, o del castigo y de otras muchas cosas que la asustaron o la aburrieron. En un momento dado, casi se quedó dormida y su tía abuela tuvo que sacudirla sin miramientos para espabilarla.

Aquella noche la cena fue de nuevo deprimente. Su tía abuela le informó de que, a la mañana siguiente, iría a la escuela. Carole se había sentido aliviada al ver que, aunque tenía un acento evidente, Marie-Ange hablaba inglés con la suficiente soltura como para ir a la escuela y comprender lo que le dijeran, aunque no tenía ni idea de si lo sabía escribir; en realidad no sabía.

—Caminas un kilómetro y medio por la carretera hasta una señal amarilla —le dijo antes de que se fueran a la cama—, después de hacer tus tareas en la granja, por supuesto, y el autocar te recogerá allí, en la señal amarilla, a las siete. Hay sesenta kilómetros hasta la escuela y hace varias paradas por el camino. No sé lo rápido que andas, pero será mejor que te marches a las seis y veas cuánto tardas. Puedes empezar a hacer tu trabajo a las cinco, así que más vale que te levantes a las cuatro y media. —Le dio un despertador muy viejo y destartalado; Marie-Ange se preguntó si también procedería de la tienda de Goodwill, que estaba llena de cosas gastadas, rotas y feas que la gente había dejado allí—. Me han dicho que el autocar te dejará de vuelta en la parada hacia las cuatro. Espero que estés aquí para las cinco. Harás tus tareas cuando llegues y tus deberes después de cenar.

Sería un día largo, una rutina agotadora, una vida de trabajo monótono y casi de esclavitud. Marie-Ange quería preguntarle por qué no podía llevarla Tom en coche, pero no se atrevió. No dijo nada y se fue a la cama después de decir buenas noches a la tía Carole.

Parecía que solo hubieran pasado unos minutos cuando sonó el despertador. Se levantó rápidamente. Y esta vez, sin nadie que viera lo que hacía, se sirvió tres tostadas de pan con mermelada y rogó por que su tía no hubiera contado las rebanadas que quedaban en la barra cuando la guardó la noche anterior. Sabía que era excesivo, pero seguía teniendo hambre.

Estaba oscuro cuando salió y fue al establo y seguía estando oscuro cuando se dirigió carretera abajo, en la dirección que su tía le había indicado. Sabía que su tía ya se habría levantado, pero no entró en la cocina para decirle adiós. Se había puesto un par de pantalones y la fea sudadera de la tienda de Goodwill. Se había cepillado el pelo, pero, por vez primera en su vida, no se había puesto ninguna cinta para ir a la escuela. No había ninguna Sophie para decirle adiós con la mano, ningún Robert para hacerle *canards* de café con leche ni tampoco ningún beso ni abrazo de sus padres. Solo estaba el silencio de las llanuras de Iowa y la oscuridad que la rodeaba mientras se encaminaba por la larga y solitaria carretera hacia la parada del autocar. No tenía ni idea de cómo sería la escuela ni los niños y, en realidad, no le importaba. Ni siquiera podía imaginar que pudiera hacer amigos. La suya era la vida de una convicta y su tía era su carcelera.

Cuando Marie-Ange llegó a la parada, había media docena de niños, casi todos mayores que ella y uno mucho más pequeño. Ninguno de ellos le dijo nada. Solo la miraron fijamente mientras esperaban y el sol salía lentamente recordándole las mañanas en Marmouton cuando al amanecer se tumbaba en la hierba o debajo de un árbol, mirando cómo el cielo se iba volviendo de color rosa. No habló con los demás niños mientras se sentaban y el autocar volvía a ponerse en marcha. Una hora más tarde, llegaban a un edificio de ladrillo, largo y bajo, ante el que se habían detenido otros autobuses escolares. Los alumnos salían por todas partes; los había de todas las edades, desde niños de jardín de infancia hasta chicos de escuela superior. Procedían de granjas de ciento cincuenta kilómetros a la redonda. La de Marie-Ange no era, en modo alguno, la más alejada. Con aire perdido, entró vacilando en el edificio; inmediatamente la vio una joven maestra.

—¿Eres la niña de los Collins? —preguntó.

Marie-Ange negó con la cabeza sin encontrar la relación.

—Soy Marie-Ange Hawkins.

Ellos esperaban una Marie Collins y a ella no se le había ocurrido que su tía abuela pudiera matricularla con su propio nombre.

—¿No eres Marie Collins?

La maestra parecía perpleja. Era la única alumna nueva que habían matriculado. Todos los demás habían empezado hacía dos semanas, pero reconoció el acento de forma inmediata y la acompañó al despacho del director, donde un hombre medio calvo con barba le dio la bienvenida solemnemente y le indicó a qué aula debía ir.

—Qué aspecto tan triste tiene la pobrecilla —comentó cuando ella se hubo marchado.

La maestra le contestó en un susurro.

—Ha perdido a toda su familia en Francia y ha venido a vivir con su tía abuela.

—¿Qué tal habla inglés? —preguntó con una mirada de preocupación.

La maestra le dijo que la profesora de la niña le iba a hacer una prueba.

Y mientras hablaban de ella, Marie-Ange cruzó lentamente el vestíbulo en la dirección que le habían indicado y se encontró en una clase abarrotada de niños.

La maestra todavía no había llegado y los niños eran un grupo alborotado que no paraba de silbar y chillar y tirarse bolas de papel unos a otros. Pero nadie le dijo nada cuando se sentó en un pupitre de la última fila, al lado de un chico con el pelo de un rojo intenso, ojos azules como los suyos y pecas. Habría preferido sentarse al lado de una chica, pero no había asientos vacíos al lado de ninguna y nadie se ofreció a dejarle sitio.

—Hola —dijo él, evitando mirarla a los ojos.

Ella lo miró y luego dirigió la vista al frente cuando entró la maestra. Le llevó más de una hora darse cuenta de que Marie-Ange estaba allí. Entonces le dio unas hojas con preguntas destinadas a evaluar cómo leía, escribía y comprendía el inglés. El cuestionario era bastante elemental y Marie-Ange lo entendía casi todo, pero escribía las respuestas fonéticamente.

—¿No sabes ortografía? —le preguntó su compañero de pupitre, con cara de sorpresa cuando miró el papel—. ¿Y qué clase de nombre es ese: Mari-Angi?

Lo pronunció de una forma muy extraña y Marie-Ange lo miró dignamente al responderle.

—Soy francesa —explicó—. Mi padre es americano.

Debía haber dicho «era», pero no podía soportarlo.

—¿Hablas francés? —le preguntó con aire perplejo, pero súbitamente interesado en ella.

—Claro —dijo con su acento.

—¿Podrías enseñarme?

La niña sonrió con timidez.

—¿Quieres aprender a hablar francés?

A ella le parecía divertido, pero él sonrió y asintió.

—Claro. Sería como un idioma secreto y nadie entendería lo que dijéramos.

Era una idea que les resultaba atractiva a los dos. Él la siguió afuera a la hora del recreo. Pensaba que aquellos bucles y aquellos enormes ojos azules eran preciosos, pero no se lo dijo. Tenía doce años, uno más que Marie-Ange, pero perdió un año a causa de unas fiebres reumáticas, de las que se había recuperado por completo. Pareció adoptar una actitud protectora hacia Marie-Ange mientras la seguía por el patio. Para entonces ya se había presentado; se llamaba Billy Parker. Ella le había enseñado a pronunciar su nombre, su primera lección de francés, y no pudo evitar reírse de su acento cuando él lo repitió.

Almorzaron juntos y, aunque otros alumnos hablaron con ella, él era el único amigo del que podía presumir cuando volvió a subir al autocar con él. Vivía a medio camino entre la escuela y la granja de la tía abuela de Marie-Ange y le dijo que iría a verla un día, quizá durante el fin de semana, y que podían hacer los deberes juntos. Estaba fascinado por ella y hacía planes para que le enseñara francés durante los fines de semana. Parecía gustarle la idea y a ella le encantaba la perspectiva de tener a alguien con quien hablar en francés.

Al día siguiente, le contó lo de sus padres, lo de Robert y lo del accidente y se mostró horrorizado cuando le habló de su tía Carole.

—Parece muy mezquina —dijo, comprensivo.

Vivía con sus padres y siete hermanos, chicos y chicas, en una pequeña granja donde cultivaban maíz y cuidaban algo de ganado. Dijo que iría a ayudarla con sus tareas en algún momento.

Por la noche, cuando la niña ya había acabado sus tareas en la granja, no le contó nada a su tía sobre su nuevo amigo, y ella tampoco le preguntó nada. La mayoría de veces, cenaban en silencio.

Era sábado por la tarde cuando Marie-Ange vio llegar a Billy en bicicleta por el camino de entrada y bajar de un salto saludándola con la mano. Le había dicho que quizá se dejaría caer por allí para su lección de francés y ella deseaba que lo hiciera, aunque no creía que apareciera. Estaban hablando animadamente, allí de pie, cuando sonó un disparo y los dos dieron un salto como conejos asustados, mirando instintivamente hacia el sitio de donde había venido. Tía Carole estaba en el porche, en la silla de ruedas, con una escopeta en las manos. A los dos les resultaba inconcebible pensar que hubiera disparado contra ellos, y no lo había hecho; había disparado al aire, pero ahora los miraba con una expresión de amenaza.

—¡Sal de mi propiedad! —gritó mientras Billy la miraba fijamente y Marie-Ange empezaba a temblar.

—Es mi amigo, tía Carole, de la escuela —se apresuró a explicar, segura de que con eso se resolvería el problema, pero no fue así.

—Te has metido sin permiso en una propiedad ajena —le dijo directamente a Billy.

—He venido a ver a Marie-Ange —respondió él educadamente, esforzándose por no dejar ver a ninguna de las dos lo asustado que estaba.

La anciana lo miraba como si fuera a matarlo.

—No queremos visitas y no te hemos invitado. Sube a tu bici y lárgate de aquí y no vuelvas. ¿Me oyes?

—Sí, señora —dijo, y se apresuró a hacer lo que le decían, pero volviéndose para mirar a Marie-Ange—. Lo siento... No quería ponerla furiosa —murmuró—. Hasta el lunes, en la escuela.

—Lo siento —dijo la niña tan alto como se atrevió y se quedó mirando cómo desaparecía por el camino tan rápidamente como podía. Marie-Ange se dirigió lentamente hacia la silla de ruedas de su tía abuela, odiándola por vez primera desde su llegada. Hasta entonces solo la había temido.

—Diles a tus amigos que no vengan a verte aquí, Marie. No podemos perder el tiempo con pequeños gamberros como ese y tú tienes trabajo que hacer —dijo, dejando la escopeta atravesada encima de sus rodillas y mirando directamente a Marie-Ange—. Aquí no vas a pasarte el día holgazaneando con tus amigos. ¿Está claro?

—Sí, señora —dijo Marie-Ange en voz baja y se dirigió al establo para hacer sus tareas.

Pero aquel ataque contra ellos, el susto que les había dado, solo sirvió para cimentar el vínculo que unía a Billy y Marie-Ange. Él la llamó aquella noche y su tía abuela le pasó el teléfono con un gruñido de desaprobación. No le gustaba, pero no puso reparos abiertamente a las llamadas telefónicas.

—¿Estás bien?

Era Billy. Había estado preocupado durante todo el camino de vuelta a su casa. La vieja estaba loca y sentía lástima por Marie-Ange. Su familia era numerosa, abierta y cordial y, después de hacer sus tareas, podía estar con sus amigos siempre que quería.

—Sí —dijo ella con timidez.

—¿Te ha hecho algo después de marcharme yo?

—No, pero me ha dicho que aquí no pueden venir mis amigos —explicó en un susurro, después de que su tía saliera de la cocina—. Nos veremos en la escuela el lunes. Puedo enseñarte francés a la hora del almuerzo.

—Vigila que no te pegue un tiro —dijo con la seriedad propia de un chico de doce años—. Hasta pronto. Adiós, Marie-Ange.

—Adiós —dijo formalmente y colgó, deseando haberle dado las gracias por la llamada; estaba agradecida por el contacto con el mundo exterior. En aquella vacía existencia que llevaba, la amistad de Billy era lo único que tenía.

4

La amistad entre Billy y Marie-Ange creció a lo largo de los años hasta convertirse en un sólido vínculo con el que los dos contaban. Durante los años de la infancia, llegaron a ser como hermanos. Cuando él tenía catorce años y ella trece, sus amigos empezaron a tomarles el pelo y a preguntarles si eran novios. Marie-Ange insistía en que no lo eran. Se aferraba a él como a una roca en medio de una tormenta y él la llamaba cada noche, sin fallar una sola, a casa de su tía Carole. La vida de Marie-Ange con su tía seguía siendo tan deprimente y gris como desde el primer momento en que la vio. Pero encontrarse con Billy en la escuela cada día y volver a casa en el autocar con él era suficiente para mantenerla a flote. Además, iba a ver a su familia tan a menudo como podía. Estar con ellos era como encontrar refugio en un lugar cálido y seguro. Iba a visitarlos en las fiestas, después de cumplir con sus obligaciones con tía Carole. Para Marie-Ange, la familia de Billy era un remanso de paz. Ahora eran todo lo que tenía. Ya ni siquiera le quedaba Sophie. Le había escrito durante dos años y seguía sin entender por qué no había recibido ni una respuesta de ella. Temía que algo terrible le hubiera sucedido. De lo contrario, Sophie le habría escrito.

En cierto modo, Billy había sustituido a Robert, aunque no a sus padres. Como le había prometido, le enseñaba francés durante el almuerzo y el recreo. A los catorce años, lo hablaba con casi total soltura y a menudo conversaban en francés en el patio de la escuela. Billy decía que era su lenguaje secreto. El inglés de Marie-Ange había mejorado hasta el punto de que apenas tenía acento.

Fue una enorme sorpresa, dados sus sentimientos fraternales hacia él, cuando una tarde, mientras se dirigían hacia la parada del autocar, Billy le dijo que la quería. Lo dijo en voz muy baja mirando al suelo y ella se detuvo y se quedó contemplándolo con una expresión estupefacta.

—Es la cosa más tonta que he oído nunca —exclamó en respuesta a lo que él acababa de decirle—. ¿Cómo puedes decir eso?

Billy parecía asombrado por su reacción; no era lo que había esperado o supuesto.

—Porque te quiero.

Lo decía en francés para que los demás no lo entendieran y, a oídos de los otros, sonaba como una acalorada pelea.

—*Oh, alors, t'es vraiment con!* —exclamó Marie-Ange.

Lo acababa de llamar gilipollas. Luego lo miró y se echó a reír.

—Yo también te quiero, pero como una hermana. ¿Cómo puedes venir y estropearlo todo entre nosotros?

Estaba decidida a no dejar que pusiera en peligro su amistad.

—No tenía intención de estropear nada —dijo él con el ceño fruncido, preguntándose si lo había dicho mal o quizá en un momento inapropiado, pero la verdad es que no estaban juntos en ninguna otra ocasión.

Seguían sin dejarle entrar en la granja de la tía abuela de Marie-Ange y el único tiempo que pasaban juntos era en la escuela o en el autocar escolar, salvo las raras visitas que ella hacía a la granja de sus padres. Era incluso más difícil durante el verano, cuando no iban juntos a clase. Lo que sí hacían, en cambio, era ir en bicicleta hasta un lugar que habían encontrado el año anterior, donde pasaban las horas sentados junto a un arroyo hablando de la vida, de sus familias, de sus esperanzas y sueños para el futuro. Ella siempre decía que, cuando tuviera dieciocho años, quería volver a Francia. Pensaba conseguir un empleo en cuanto tuviera la edad suficiente para poder pagarse el viaje. Una vez Bill le dijo que quería ir con ella, aunque para él aquel sueño era incluso menos probable y todavía más lejano.

Después de aquello, continuaron siendo lo que siempre habían sido, fervientes amigos y camaradas, hasta un día del verano siguiente, cuando estaban juntos en su escondrijo secreto. Marie-Ange había traído un termo lleno de limonada y llevaban horas hablando cuando, de repente, él se inclinó y la besó. Tenía quince años, Marie-Ange acababa de cumplir los catorce y eran los mejores amigos desde hacía casi tres años. De nuevo ella se sobresaltó cuando él la besó, pero no protestó con tanta violencia como el año anterior. Ninguno de los dos dijo nada, pero Marie-Ange estaba preocupada, y la siguiente vez que se encontraron, le dijo que no creía que fuera una buena idea hacer nada que cambiara su amistad. Le explicó, inocente, que tenía miedo de las relaciones amorosas.

—¿Por qué? —le preguntó él con dulzura, acariciándole la cara. Se estaba convirtiendo en un joven alto y apuesto, y a veces ella pensaba que se parecía un poco a su hermano y a su padre; o le encantaba burlarse de sus pecas—. ¿Por qué tienes miedo del amor, Marie-Ange?

Hablaban en inglés porque ella lo hablaba mucho mejor que él francés, aunque le había enseñado bien y él sabía, incluso, todas las expresiones importantes de argot. En septiembre, los dos empezaban la enseñanza secundaria en la misma escuela a la que habían ido siempre.

—No quiero que cambie nada entre nosotros —dijo ella con sensatez—. Si te enamoras de mí, un día nos cansaremos el uno del otro y entonces lo perderemos todo. Si seguimos siendo solo amigos, nunca nos perderemos el uno al otro.

No era del todo irrazonable y ella se mantuvo firme en su actitud, aunque nadie que los conociera lo habría creído. Todos pensaban que eran novios desde niños, incluso la tía Carole, que continuaba haciendo comentarios despectivos sobre Billy, algo que enfurecía a Marie-Ange aunque no dijera nada.

Su relación continuó floreciendo durante toda la escuela secundaria. Ella iba a verlo jugar en el equipo de baloncesto, él iba a verla en las representaciones de teatro de la escuela, y fueron juntos al baile de graduación. Con excepción de unas cuantas citas esporádicas, él nunca había tenido novia y Marie-Ange continuaba diciendo que ella no tenía ningún interés en las relaciones amorosas, ni con Billy ni con ningún otro chico; lo único que quería era acabar la escuela y volver a Francia algún día. De todos modos, su tía abuela no la habría dejado salir con chicos. Era una mujer de opiniones firmes en ese terreno y estaba dispuesta a imponerlas. Había continuado amenazando a Marie-Ange con el orfanato durante todos los años que llevaba con ella. No obstante, la noche del baile, la tía Carole dio finalmente su permiso para que Marie-Ange fuera con Billy.

Aquella noche él llegó a la granja con la camioneta de su padre para recogerla. La tía Carole había permitido que Marie-Ange se comprara un vestido de satén azul hielo, casi del mismo color que sus ojos, que hacía que destellaran sus rubios cabellos. Estaba muy bella y la cara de Billy manifestaba su deslumbramiento.

Aquella noche se lo pasaron estupendamente. Hablaron sin cesar de la beca para la universidad que ella había conseguido y que no podría aprovechar. La universidad estaba en Ames, a ochenta kilómetros de distancia, y la tía Carole había dejado bien claro que no haría nada para ayudarla; no le dejaría una camioneta ni un coche; además había insistido en que la necesitaba en la granja. No le había ofrecido dinero ni transporte para ir a la universidad y Billy estaba indignado.

—¡Tienes que ir, Marie-Ange! No puedes seguir trabajando para ella como una esclava el resto de tu vida.

Marie-Ange siempre había soñado con ir a Francia cuando tuviera dieciocho años, pero era evidente que cuando los cumpliera aquel verano, no iba a poder hacerlo. No tenía dinero propio ni tiempo para buscar un trabajo, porque Carole siempre necesitaba que hiciera una cosa u otra y Marie-Ange se sentía obligada hacia ella. Llevaba siete años viviendo con su tía y le parecía una eternidad. Y ahora la universidad era otro sueño inalcanzable para ella. La beca cubría la enseñanza, pero no los libros, el alojamiento y la comida; incluso si consiguiera un trabajo, no podría ganar lo suficiente para cubrir sus gastos mientras estudiaba. Solamente podría hacerlo si se quedaba en la granja con su tía e iba y venía cada día, pero la tía Carole se había encargado de que eso no sucediera.

—Lo único que necesitas es un coche, por todos los santos —insistía Billy, furioso, mientras la acompañaba de vuelta a casa.

Se habían pasado la noche dándole vueltas al asunto.

—Bueno, pues no lo tengo. La semana que viene, rechazaré la beca —dijo Marie-Ange con naturalidad.

Sabía que, en algún momento, tendría que conseguir un empleo cerca de la granja para reunir suficiente dinero y poder volver a Francia, aunque no tenía ni idea de lo que haría cuando llegara allí; probablemente solo ver cómo era y volver. Tampoco tenía medios para quedarse en Francia; ningún sitio donde vivir ni nadie con quien hacerlo, ninguna manera de ganarse la vida. No tenía conocimientos especializados ni tampoco formación alguna. Lo único que había aprendido era a hacer las tareas de la granja de forma parecida a Billy, que iba a seguir unos cursos de agricultura. Soñaba con ayudar a su padre en la granja, incluso con modernizarla pese a la resistencia de este. Quería ser un agricultor moderno. También pensaba que Marie-Ange se merecía una verdadera educación. Los dos opinaban lo mismo. Odiaba todavía más a la tía abuela de Marie-Ange por no dejarla ir a la universidad. Incluso su padre comprendía la importancia de la educación, aunque no pudiera dejarlo estudiar a tiempo completo. Lo necesitaba demasiado en la granja para permitírselo. Billy instó a Marie-Ange a que siguiera tratando de convencer a su tía abuela un poco más y no rechazara la beca hasta más entrado el verano. Mientras volvían en el coche a casa, estaban muy animados. Los dos estaban entusiasmados con la graduación.

—¿Te das cuenta de que somos amigos desde hace casi siete años? —preguntó Marie-Ange, orgullosa.

Aquel verano hacía siete años que sus padres habían muerto; en ciertos aspectos, parecía que hiciera solo unos minutos y en otros siglos. Todavía soñaba con ellos y con Robert por la noche y todavía podía ver Marmouton en su cabeza como si acabara de estar allí.

—Tú eres la única familia que tengo —le dijo a Billy, y él sonrió.

Los dos descartaban por completo a la tía Carole, aunque Marie-Ange decía siempre que se sentía en deuda con ella por razones que se le escapaban a Billy. Marie-Ange vivía con ella, pero Carole la utilizaba sin piedad, lo había hecho durante los últimos siete años; como criada, como enfermera y para trabajar en el campo. No había nada que Marie-Ange no hiciera por ella. En los dos últimos años, la salud de su tía abuela había ido empeorando y tenía que hacer incluso más para ayudarla.

—¿Sabes?, podríamos ser familia de forma permanente —dijo Billy con cautela mientras volvían del baile, y la miró con una tierna sonrisa, pero Marie-Ange frunció el ceño. No le gustaba que él hablara de aquella manera y quería continuar pensando en ellos, tercamente, como hermanos—. Podríamos casarnos —dijo él valientemente.

—Eso es una tontería, Billy y tú lo sabes —dijo ella sin rodeos. Nunca lo animaba a seguir en aquella dirección, tanto por su bien como por el de ella misma—. ¿Dónde viviríamos si nos casáramos? Ni tú ni yo tenemos un empleo ni dinero —dijo con realismo.

—Podríamos vivir con mis padres —dijo él en voz baja, deseando poder hacerla cambiar de opinión.

Acababa de cumplir los diecinueve años y ella iba a

cumplir pronto los dieciocho, una edad suficiente para casarse, si ella quería, sin el permiso de su tía.

—También podríamos vivir con tía Carole. Estoy segura de que le encantaría. Podrías trabajar en la granja, como hago yo —dijo Marie-Ange y se echó a reír—. No, no podemos casarnos —añadió, con sentido práctico. No quería hacerlo—. Voy a conseguir un trabajo para poder volver a Francia el año que viene.

Para Marie-Ange era un sueño que nunca moría y él seguía deseando poder ir con ella. En Iowa, trabajando en la granja de su padre, su francés resultaba prácticamente inútil, pero le gustaba que ella se lo hubiera enseñado.

—Sigo queriendo que vayas a la universidad en otoño. Vamos a ver qué pasa —dijo con aire de determinación.

—Ah, sí, caerá un ángel del cielo —dijo riéndose de él con buen humor, ya que se había resignado a no ir— y dejará dinero a mis pies para que pueda ir a la universidad, y tía Carole me hará las maletas y me lanzará besos cuando me vaya. Será así, ¿verdad, Billy?

Se había resignado a su suerte desde que llegó allí.

—Quizá —dijo él con aire pensativo.

Al día siguiente, empezó a trabajar en un proyecto especial. Le ocupó todo el verano y su hermano le ayudó. Su hermano Jack trabajaba en un taller de la ciudad en su tiempo libre y ayudó a Billy a encontrar lo que necesitaba. Era el 1 de agosto cuando por fin fue a ver a Marie-Ange avanzando por el camino de entrada en un viejo Chevy jadeante. Sonaba horriblemente pero funcionaba bien, y lo había pintado él mismo. Era de color rojo encendido y el interior, de cuero negro.

Condujo hasta delante de la casa y miró con cautela

hacia Carole cuando bajó del coche; era la tercera vez en siete años que estaba allí y nunca se le había olvidado el recibimiento del primer día.

—¡Uau! ¿De dónde has sacado esa maravilla de coche? —preguntó Marie-Ange con una amplia sonrisa, secándose las manos con una toalla mientras salía de la cocina—. ¿De quién es?

—Lo he montado yo mismo. Empecé justo después de la graduación. ¿Quieres probarlo?

Marie-Ange había aprendido a conducir tractores y vehículos de la granja hacía años y, con frecuencia, conducía la camioneta de su tía hasta la ciudad para hacer recados o acompañarla. Así pues, se deslizó detrás del volante sonriendo. El coche tenía un aspecto divertido, aunque era viejo. Billy lo había montado solamente «con saliva y un poco de alambre», como decía orgullosamente. Marie-Ange condujo el coche hasta fuera de la granja y por la carretera durante un rato, con Billy a su lado, y luego, a regañadientes, dio media vuelta para volver. Tenía que prepararle la cena a su tía.

—¿Qué vas a hacer con él? ¿Ir a la iglesia los domingos? —le preguntó sonriendo.

Aunque ella no lo sabía, pese al color de sus ojos y su pelo, empezaba a parecerse muchísimo a su madre.

—Pues no. Tengo mejores cosas en que emplearlo —dijo él misteriosamente, orgulloso de sí mismo y lleno del amor que sentía por ella y que ella no le consentía, salvo como hermano adoptado.

—¿Como cuáles? —preguntó ella, curiosa y divertida, cuando entraban en el camino de la granja.

—Es un autocar escolar.

—¿Un autocar escolar? ¿Qué significa eso?

—Significa que aceptes tu beca. Lo único que necesitas es dinero para los libros. Puedes ir a la universidad en coche cada día, Marie-Ange.

Lo había hecho enteramente por ella y a Marie-Ange se le llenaron los ojos de lágrimas mientras lo miraba asombrada. Billy sintió un incontenible deseo de besarla, pero sabía que ella no le dejaría.

—¿Vas a prestármelo? —preguntó, sin darse cuenta, en francés.

No podía creérselo, pero él negó con la cabeza.

—No te estoy prestando nada, Marie-Ange. Es un regalo. Es todo tuyo. Tu autocar para ir a la escuela.

—¡Oh, Dios mío! ¡Pero no puedes hacer eso! —Le rodeó el cuello con los brazos y lo abrazó con fuerza—. ¿Hablas en serio? —preguntó, y se apartó para mirarlo.

Era lo más extraordinario que nadie había hecho nunca por ella y apenas sabía qué decirle. Había hecho realidad sus sueños y, al darle los medios para ir hasta allí, le estaba regalando la universidad literalmente.

—Puedo hacerlo y lo he hecho. Es todo tuyo, cariño. —Sonreía de oreja a oreja y ella se secó las lágrimas de las mejillas y se quedó mirándolo—. Bueno, ¿qué tal si me llevas a casa antes de que salga tu tía con la escopeta y me cosa a tiros?

Los dos se echaron a reír al recordar aquel desagradable incidente y ella entró a decirle a su tía que volvería enseguida. No le contó nada del coche; lo haría más tarde.

Billy condujo en el camino de vuelta a su casa con Marie-Ange, sentada muy cerca de él y exclamando que era un coche maravilloso, un regalo increíble y que ella no debería aceptarlo.

—No puedes quedarte sin educación para siempre. Tienes que aprender algo para poder marcharte de aquí algún día.

Sabía que él no podría hacerlo; tenía que ayudar a su familia a cuidar la granja, algo que siempre resultaba muy difícil. Pero sabía también que el mejor regalo que le podía hacer a Marie-Ange era liberarla de su tía Carole.

—No puedo creer que hayas hecho esto por mí —dijo Marie-Ange solemnemente.

Sentía un enorme respeto por él como persona y nunca en su vida se había sentido tan agradecida como lo estaba hacia él en ese momento.

Billy estaba contento al verla tan feliz. Se mostraba tan entusiasmada como él había esperado. Adoraba todo en ella.

Marie-Ange lo dejó en su granja y volvió a su casa. Cuando, durante la cena, le contó a su tía Carole lo que Billy había hecho, esta le prohibió que lo aceptara.

—Está mal que aceptes un regalo así de ese chico, incluso si piensas casarte con él —le dijo duramente.

—Lo cual no voy a hacer; solo somos amigos —dijo Marie-Ange con calma.

—Entonces no puedes quedártelo —dijo la anciana con una cara que parecía granito arrugado.

Pero, por vez primera en los siete años que llevaba viviendo con ella, Marie-Ange estaba decidida a desafiarla. No iba a renunciar a la universidad por el capricho de aquella anciana mezquina. Durante siete años, la había privado de todo utilizando todos los medios que había podido; la había privado de emociones, de comida, de amor y de dinero. La suya había sido una vida de privaciones en todos los sentidos de la palabra. Ahora quería robarle su educación y Marie-Ange no iba a dejar que lo hiciera.

—Pues lo tomaré prestado. Pero voy a usarlo para ir a la universidad —dijo con firmeza.

—¿Para qué necesitas ir a la universidad? ¿Qué te crees que vas a ser? ¿Médico? —dijo con un tono desdeñoso.

—No sé qué voy a ser —dijo Marie-Ange con tono tranquilo.

Lo que sí sabía es que sería más que la tía Carole. Quería ser como su madre, aunque ella no hubiera ido a la universidad porque se casó con su padre. Pero Marie-Ange quería más que una vida en aquella lúgubre granja de Iowa, sin nada de que disfrutar, nada que celebrar y nada por lo que vivir. Y sabía que un día, cuando por fin pudiera escapar, iría a algún otro sitio, preferiblemente a Francia, para por lo menos visitar el país. Pero ese sueño todavía quedaba muy lejos en el horizonte. Primero tenía que conseguir una educación para poder escapar, tal como Billy le había dicho.

—Parecerás una maldita estúpida yendo arriba y abajo en ese viejo cacharro, especialmente si la gente se entera de quién te lo ha regalado.

—No me importa —respondió desafiante por una vez—. Estoy orgullosa de él.

—Entonces, ¿por qué no te casas con él? —la presionó Carole, como había hecho otras veces, más por curiosidad que por verdadero interés.

Nunca había entendido el vínculo que los unía y, además, tanto le daba.

—Porque es mi hermano. Y no quiero casarme. Quiero volver a casa algún día —dijo en voz baja.

—Esta es la única casa que tienes ahora —dijo Carole, sarcástica, mirando a los ojos a su sobrina, que se limitó a aguantarle la mirada sin responder.

Carole Collins le había proporcionado un lugar donde vivir, un techo sobre la cabeza, una dirección y una interminable lista de tareas, pero nunca le había dado amabilidad, compasión, cariño ni una sensación de familia. Apenas había celebrado la Navidad ni el día de Acción de Gracias con ella. Y durante todos los años que Marie-Ange llevaba allí la había tratado como a una criada. Billy y su familia habían sido mucho más amables con ella que Carole. Y ahora Billy le había dado la única cosa que necesitaba para salir de allí, nadie en este mundo iba a conseguir que renunciara a eso y, por supuesto, mucho menos su tía Carole.

Marie-Ange recogió los platos sin decir ni una palabra más, y cuando su tía abuela se fue a su dormitorio, cogió el teléfono y llamó a Billy.

—Solo quiero que sepas cuánto te quiero y cuánto significas para mí —le dijo en francés con voz llena de emoción. Él deseó que lo dijera en otro sentido, pero sabía que no era así y lo había aceptado desde hacía tiempo. Sabía que lo quería—. Eres la persona más maravillosa que conozco.

—No, eso te corresponde a ti —dijo con galantería pero sinceramente—. Me alegro de que te guste, Marie-Ange. Solo quiero que puedas salir de aquí algún día. Te lo mereces.

—A lo mejor podemos irnos juntos —dijo ella esperanzada, pero ninguno de los dos lo creía.

Los dos sabían que Billy estaba destinado a quedarse, pero ella no. Ella tenía todavía un largo camino por recorrer antes de escapar de allí, pero gracias a él, empezaba a creer que quizá un día lo conseguiría.

5

Marie-Ange empezó las clases en la universidad la segunda semana de septiembre. Salió de la granja a las seis de la mañana, al volante del Chevy que Billy había reconstruido para ella. La noche antes, la tía Carole no hizo ningún comentario pero, como de costumbre, Billy llamó para desearle buena suerte. Ella le prometió pasar por su casa al volver, si tenía tiempo, para contarle cómo le había ido. Pero salió de la universidad tan tarde, después de comprar los libros con dinero prestado por Tom, el capataz, que tuvo que volver a casa a toda prisa para prepararle la cena a su tía.

Sin embargo, se las arregló para ir a ver a Billy al día siguiente, de camino a la universidad. No tenía que estar allí hasta las diez y pasó alrededor de las siete y media, después de finalizar sus tareas. Se quedó un rato con él, en la espaciosa y cálida cocina de los Parker. Todos los electrodomésticos eran viejos y las encimeras de formica estaban descantilladas. El suelo de linóleo estaba estropeado sin remedio, pero la madre de Billy lo mantenía inmaculadamente limpio, y siempre había un ambiente cálido y acogedor en aquella casa. Marie-Ange se sentía cómoda allí; era como la cocina de Marmouton y muy diferente de la casa de su tía. Los padres de Billy estaban locos por ella y la madre estaba convencida, porque una de sus hijas se lo había dicho, de que Billy y ella acabarían casándose algún día. Pero incluso si no era así, siempre la trataba como si fuera su propia hija.

—Bueno, ¿qué tal las clases ayer? —preguntó Billy, vestido con el mono de trabajo, después de entrar en la cocina con ella y mientras le servía una taza de café.

—Fue estupendo —le contestó ella con una amplia sonrisa—. Me encanta. Me hubiera gustado que estuvieras allí conmigo.

Billy iba a clase en Fort Dodge y la mayor parte del trabajo lo hacía solo y por correspondencia.

—A mí también —dijo sonriéndole.

Echaba en falta sus días de escuela, cuando podía verla cada día y tener largas y serias conversaciones en francés a la hora del almuerzo. Ahora todo era diferente. Debía trabajar en la granja y sabía que ella iba a llevar una nueva vida con nuevos amigos, nuevas ideas, profesores y estudiantes con unas metas en la vida muy diferentes de las suyas. Él sabía que se quedaría en la granja para siempre. Se entristecía un poco cuando pensaba en eso, pero se alegraba por ella. Y después de la vida tan dura que había llevado en la granja de su tía abuela durante los últimos siete años, él sabía mejor que nadie lo mucho que todo aquello significaba para ella.

Una hora después de llegar, Marie-Ange se levantó porque tenía que marcharse a la universidad, pero prometió volver a la mañana siguiente.

Durante los días de universidad se veían mucho, mucho más de lo que ninguno de los dos había supuesto. A Marie-Ange los viajes se le comían el tiempo. Finalmente consiguió un trabajo en la ciudad como camarera en un restaurante popular durante los fines de semana, lo cual la ayudó con los gastos y le permitió devolver el dinero de los libros que Tom, el capataz, le había prestado. Su tía Carole siempre se negaba a darle dinero y le decía que si tanto lo necesitaba que trabajara para ganárselo. Pero a pesar de eso y de las tareas que tenía que hacer en la granja, se las arreglaba para pasar a ver a Billy cada día. En ocasiones él iba a comer al restaurante y, de vez en cuando, iban juntos al cine.

Durante su segundo año de secundaria, Billy tuvo una novia, pero siempre le dejó claro a Marie-Ange que ella era mucho más importante para él que cualquier otra chica y que siempre lo sería. Su amistad de la infancia había florecido hasta convertirse en un vínculo diferente de cualquier otro. A Marie-Ange le gustaba la novia de Billy, pero antes de llegar la Navidad, él ya se había cansado de ella. No tenía la chispa ni el fuego de Marie-Ange, su energía, su inteligencia, su estilo, y, comparada con ella, resultaba aburrida. Marie-Ange lo había acostumbrado mal. Cumplió veintiún años cuando su amiga empezaba el tercer curso. Fue un año difícil para Marie-Ange. La tía Carole estaba enferma la mayor parte del tiempo, se hacía cada día más vieja y frágil y decaía lentamente. Ya tenía setenta y nueve años; en muchos sentidos parecía tan dura como siempre, pero era más una apariencia que algo real. De vez en cuando, Marie-Ange sentía lástima de ella, aunque Billy decía que él no. Siempre había odiado la forma en que trataba a Marie-Ange, su duro corazón y su espíritu mezquino. Para entonces Marie-Ange sabía que su padre no había errado en su valoración, pero se había acostumbrado a ella, le estaba agradecida por haberla acogido y hacía todo lo posible por ayudarla cuando estaba enferma. Le preparaba comida a última hora de la noche y se la dejaba por la mañana para que tuviera algo que comer durante el día, y siempre era mucho más generosa con las raciones de lo que su tía lo había sido con ella durante su infancia.

Carole tuvo que ingresar en el hospital en Navidad por una rotura de cadera. Se había caído de la silla de ruedas al resbalar sobre el hielo cuando se dirigía al establo y, por vez primera, Marie-Ange pasó todas las fiestas con Billy. Fueron las Navidades más felices desde hacía años. Ella y las hermanas de Billy se lo pasaron en grande adornando el árbol, preparando regalos y cantando. Le llevó un plato de pavo a su tía Carole al hospital y le entristeció ver que estaba demasiado enferma para comérselo. La polio que tuvo de niña no facilitaba su recuperación y parecía más débil que nunca.

Marie-Ange pasó también la noche de fin de año con Billy y con sus hermanos y hermanas. Rieron, bailaron, cantaron y se gastaron bromas hasta mucho después de medianoche. Una de las hermanas de Billy se puso un poco alegre con el vino blanco y le preguntó a Marie-Ange cuándo iba a casarse, por fin, con su hermano. Le dijo que lo había echado a perder para cualquier otra y, además, le preguntó qué iba a hacer él con todo aquel francés que había aprendido. A menos que se casara con ella, no le servía de nada. Y algo en la forma en que lo dijo, aunque todo era en broma y bien intencionado, hizo que Marie-Ange se sintiera culpable.

—No seas tonta —le contestó Billy más tarde, cuando ella se lo mencionó.

Ambos estaban sobrios, sentados en el porche, después de que todos los demás se hubieran ido a la cama. Hacía mucho frío, pero se habían abrigado bien y no lo sentían mientras contemplaban el cielo lleno de estrellas y conversaban.

—Mi hermana no sabe de qué habla. No me has «echado a perder», Marie-Ange; me has ayudado. Además, a las vacas les encanta cuando les hablo en francés. Te prometo que dan más leche si les hablo en francés mientras las ordeño —dijo sonriendo.

Estaban cogidos de la mano, como hacían a veces. Siempre sentían algo cálido y reconfortante al hacerlo, aunque los dos insistían en que no significaba nada.

—Algún día tendrás que casarte —dijo Marie-Ange con sentido práctico, pero había un matiz de tristeza en su voz.

Ambos sabían que un día sus vidas cambiarían, pero ninguno de los dos estaba preparado todavía.

—Puede que no me case nunca —dijo Billy con sencillez—. No estoy seguro de querer hacerlo.

Ella sabía que él quería casarse con ella, los dos lo sabían, pero si no podía hacerlo, no estaba dispuesto a conformarse con menos de lo que compartía con ella. Su amistad era demasiado sincera y profunda para que ninguno de los dos quisiera aceptar menos de otra pareja. Además, Marie-Ange no quería a nadie de momento. Le gustaba la vida que llevaba, ir a la universidad y compartir todos sus pensamientos y sueños con Billy. Pero seguía decidida a no confundir ni estropear nunca su amistad con el amor.

—¿No quieres tener hijos? —preguntó Marie-Ange, sorprendida por lo que él acababa de decir, aunque comprendía la razón que había detrás.

—Quizá sí y quizá no. No lo sé. Voy a tener un montón de sobrinos. Ya me volverán lo bastante loco, así que puede que no necesite tener hijos. —La miró tranquilamente al decirlo. Lo único que de verdad quería era estar con ella y no le gustaba la idea de que alguien se inmiscuyera—. Tú tendrás niños alguna vez. Estoy seguro. Serás una madre maravillosa.

—Ni siquiera puedo imaginarlo —dijo ella sinceramente.

Apenas podía recordar cómo era vivir con una familia de verdad, como la que tenía cuando sus padres y su hermano vivían. Lo único que se le parecía era cuando visitaba a Billy. Le encantaba estar allí con él, compartiendo el amor y las risas de su familia, pero ya no formaba parte de su vida. En muchos sentidos, se sentía una persona muy solitaria.

Hablaron hasta muy tarde y se quedó a pasar la noche en su casa, compartiendo la habitación con dos de sus hermanas. A la mañana siguiente, volvió a visitar a su tía en el hospital.

Su recuperación fue larga y lenta. Pasó casi un mes antes de que pudiera dejar el hospital y otros dos antes de poder salir de su dormitorio. Ya no intimidaba tanto. Su fragilidad se iba haciendo más visible y su mezquindad parecía tener menos fuerza. En cierto modo, parecía irse encogiendo. Marie-Ange hacía lo que tenía que hacer por ella, pero apenas le hablaba y sus cuidados eran más mecánicos que impulsados por cualquier sentimiento hacia ella.

Carole cumplió ochenta años a principios de verano, poco después de que Marie-Ange cumpliera los veintiuno. Fue un duro golpe para la anciana cuando Tom, su capataz, le anunció que se retiraba y se marchaba a vivir a Arizona para estar cerca de los padres de su mujer. Esta no había parado de ir y venir todo el año para cuidarlos y resultaba demasiado duro para ella.

—A los viejos así habría que meterlos en un asilo —le dijo gruñendo a Marie-Ange después de que Tom le diera la noticia.

Era evidente que estaba disgustada, aunque a él apenas le había dicho nada. Solo más tarde le comentó a Marie-Ange que capataces así los había a montones. Tom le había recomendado a su sobrino para el puesto, pero Marie-Ange sabía que a su tía no le gustaba. Lamentaba que Tom se fuera. Siempre había sido amable con ella y le tenía afecto.

Aquel verano, Marie-Ange trabajó de nuevo a jornada completa para ganar dinero con que pagar sus gastos en la universidad, pero de todos modos se las arregló para pasar bastante tiempo con Billy, que ahora salía con otra chica. Esta vez Marie-Ange pensó que podía acabar siendo algo serio, si él lo permitía. Ella era cariñosa y muy bonita y lo quería. En la escuela, iba un curso por debajo de ellos y sus familias se conocían desde siempre. Podían tener juntos una vida muy agradable. Marie-Ange pensaba que Billy, con veintidós años, ya estaba preparado para el matrimonio. Había acabado la escuela secundaria hacía tres años y los cursos de extensión hacía uno y trabajaba duramente en la granja de su padre. Además, como muchos chicos que trabajaban en las granjas, con todas sus responsabilidades y privaciones desde los primeros años de la adolescencia, había madurado temprano.

Hacía un calor sofocante y Marie-Ange estaba saliendo del camino en su querido Chevy para ir a ver a Billy cuando vio llegar un coche desconocido, con un hombre de edad con traje y sombrero vaquero al volante. Se preguntó si sería un candidato al puesto de capataz. No pensó más en ello y se quedó sorprendida cuando, al volver de casa de Billy tres horas después, se encontró con que todavía estaba allí. No se le ocurrió que aquel hombre hubiera venido para verla a ella.

Cuando bajaba del coche, cargada con algunas provisiones que había comprado para la cena, él salía de la cocina con su tía abuela. Se quedó mirándola expectante cuando la tía Carole la señaló con un gesto de la cabeza.

Carole le presentó al hombre, pero su nombre no le dijo nada a Marie-Ange. Era Andrew McDermott y había venido en coche desde Des Moines para verlas. Sonrió cuando Marie-Ange le preguntó ingenuamente si había venido para hablar con Carole sobre el puesto de capataz.

—No, he venido para verlas a ustedes —dijo en tono agradable—. Tenía que tratar algunos asuntos con su tía abuela. Quizá podríamos sentarnos un momento.

Marie-Ange sabía que tenía que preparar la cena y se preguntó por qué quería sentarse a hablar con ella.

—¿Pasa algo malo? —le preguntó a su tía, y la anciana frunció el ceño y movió la cabeza negativamente.

Desaprobaba lo que el hombre acababa de comunicarle, pero no le había sorprendido. Estaba enterada de casi todo desde el principio.

—No, nada malo —dijo el hombre amablemente—. He venido para informarle respecto a un fideicomiso que su padre le dejó. Su tía y yo hablamos de ello hace algún tiempo y las inversiones hechas han dado buenos resultados a lo largo de los años. Pero ahora que ha alcanzado la mayoría de edad, tengo que informarle.

Ella no tenía ni idea de qué le estaba contando y veía que la tía Carole no se mostraba en absoluto contenta. Se preguntó si su padre habría hecho algo mal, algo que le había costado dinero. No entendía nada de lo que el hombre le estaba diciendo. No tenía ni idea de qué era un fideicomiso.

—¿Podemos sentarnos un momento mientras se lo explico? —insistió el hombre.

Seguían de pie en el porche y Marie-Ange los dejó un minuto para poner las compras en la mesa de la cocina.

—No tardaré nada —le prometió a su tía cuando la silla de ruedas desapareció en el interior de la casa. Carole ya había oído de qué se trataba y no tenía ningún interés en quedarse con ellos.

—Señorita Hawkins —empezó Andy McDermott—, ¿le ha contado su tía todo lo que su padre le dejó?

Marie-Ange negó con la cabeza, con aire desconcertado.

—No, creía que no había dejado nada. Siempre pensé que había dejado deudas —dijo sencillamente, sin artificio ni pretensión.

—Todo lo contrario. —Parecía sorprendido de que ella no supiera nada—. Dejó un negocio próspero en extremo que se vendió unos meses después de su muerte. Uno de sus socios compró la parte de su padre a un precio justo, y todas las propiedades que tenía estaban libres de cargas. Tenía algunos ahorros y, claro, también algunas deudas, pero nada de gran magnitud. Dejó un testamento a favor de usted y de su hermano. Al morir su hermano, su parte pasó a usted.

Era lo primero que ella oía de todo aquello y estaba sorprendida por lo que le estaban diciendo.

—Al cumplir veintiún años, lo que acaba de hacer, hereda un tercio de lo que su padre dejó, y por eso estoy aquí. El fideicomiso mantendrá el resto y le transferirá el segundo tercio cuando cumpla los veinticinco y el resto cuando llegue a los treinta. Le dejó una suma espléndida de verdad —dijo solemnemente mirando a Marie-Ange.

Se dio cuenta de que no estaba mimada en absoluto y que no esperaba nada. Quizá su tía había hecho bien en no decírselo.

—¿Cuánto dejó? —preguntó Marie-Ange, incómoda—. ¿Es mucho?

Ella no creía que fuera así.

—Diría que sí —respondió él con una sonrisa—. Se han ido haciendo inversiones a lo largo de los años y, en este momento, antes de transferirle nada a usted, el fideicomiso gestiona algo más de diez millones de dólares en su nombre. Un tercio de esa cantidad será transferida a una cuenta suya la semana próxima y le aconsejo que vuelva a invertir la mayor parte en cuanto esté preparada para hacerlo. De hecho, podemos encargarnos de hacerlo por usted.

Le explicó que era el abogado del banco que administraba su cuenta fiduciaria. Originariamente los valores estaban en Francia, pero acabaron siendo transferidos a Iowa a petición de Carole, que no creía que Marie-Ange volviera nunca allí.

—Creo que también tendría que decirle —dijo confidencialmente— que le ofrecimos a su tía hacerle una entrega periódica de dinero para su manutención y que siempre ha dicho, muy amablemente, que no era necesario. La ha mantenido ella misma durante los últimos diez años, sin aprovecharse en ningún momento del fideicomiso que su padre le dejó a usted. He pensado que le gustaría saberlo.

Pero incluso esa información la confundía. La tía Carole casi la había dejado morir de hambre, le había comprado ropa en Goodwill, la había obligado a trabajar por cada centavo que le había dado y se había negado a ayudarla para ir a la universidad. Así que, aunque había cargado con las responsabilidades sin aprovecharse del fideicomiso, también había privado a Marie-Ange de todo lo que había podido a lo largo de los años; incluso le habría impedido el acceso a la educación si Billy no le hubiera regalado el coche que usaba para ir a la universidad.

Ahora le resultaba difícil decidir si la tía Carole era un monstruo o una heroína, pero quizá había hecho lo que consideraba mejor para ella. Sin embargo, no había preparado a Marie-Ange en modo alguno para lo que iba a recibir. Era una completa sorpresa y un tremendo choque. Andrew MacDermott le entregó un sobre lleno de documentos y le aconsejó que los revisara. Solo necesitaba su firma para abrirle una cuenta y, al marcharse, la felicitó por su buena suerte. Pero, incluso entonces, Marie-Ange no estaba segura de verlo del mismo modo. Habría preferido que sus padres y su hermano estuvieran vivos y haber crecido con ellos en Marmouton que haber pasado los últimos diez años en Iowa con la tía Carole, soportando una soledad y unas privaciones sin límites. No importaba lo rica que fuera ahora; seguía sin poder comprender lo que acababa de sucederle ni lo que significaría para ella. Permaneció de pie, mirando cómo el abogado se alejaba en su coche, sujetando el sobre que le había dado.

—¿Cuándo vamos a cenar? —gritó furiosa Carole desde el interior.

Marie-Ange se apresuró a entrar. Dejó el sobre en la encimera y corrió a preparar la cena. Durante toda la cena, la tía Carole no le dijo nada, hasta que Marie-Ange rompió el silencio.

—¿Lo sabía?

Escudriñó atentamente la cara de su tía abuela y no percibió nada, ni afecto ni calor ni pesar ni ternura ni alegría por ella. Tenía el mismo aspecto de siempre: amargada, cansada, vieja, tan fría como el hielo en invierno.

—No todos los detalles. Sigo sin conocerlos. No son asunto mío. Sé que tu padre te dejó un montón de dinero. Me alegro por ti. Hará que todo te resulte más fácil cuando yo me vaya. —Entonces dejó a Marie-Ange todavía más estupefacta—. Voy a vender la granja el mes que viene. Me han hecho una buena oferta y ahora tú no tienes problemas. Estoy cansada. Voy a trasladarme a la residencia para ancianos de Boone.

Lo dijo sin justificaciones ni pesar, sin ninguna preocupación por lo que le sucedería a Marie-Ange, aunque hay que reconocer que no tenía razón alguna para inquietarse por ella, salvo que tenía veintiún años y era la segunda vez en su vida que iba a quedarse sin hogar.

—¿Cuánto tiempo más va a quedarse aquí? —preguntó Marie-Ange con aire preocupado y buscando alguna traza de emoción, una emoción que nunca había existido.

—Venderé la granja a principios del mes que viene y la venta no será firme hasta un mes más tarde. Debería de estar en la residencia a finales de octubre. Tom ha dicho que esperaría hasta entonces.

Eran solo seis semanas y Marie-Ange comprendió que tendría que tomar algunas decisiones. Estaba a punto de empezar su último año de carrera y se preguntó si sería mejor irse a vivir más cerca de la universidad o tomarse un año libre para ir a su casa de Francia, por lo menos para ver cómo era. Por un breve instante, soñó con comprar de nuevo Marmouton. No tenía ni idea de a quién pertenecía ahora ni de lo que había pasado con la propiedad y se preguntó si esa información estaría en los papeles que el abogado del banco le había entregado.

—Tendré que marcharme cuando usted lo haga —dijo Marie-Ange, pensativa, preguntándose si alguna vez había llegado a conocer a aquella mujer, aunque ya sabía la respuesta a esa pregunta—. ¿Será feliz en la residencia, tía Carole?

Sentía como si le debiera algo. A pesar de lo desagradable y fría que había sido, había cuidado de ella durante diez años y Marie-Ange estaba agradecida.

—No soy feliz aquí. ¿Qué diferencia hay? Y soy demasiado vieja para llevar una granja. Tú volverás a Francia, supongo, o encontrarás trabajo en algún sitio cuando acabes los estudios. No tienes ninguna razón para quedarte aquí, a menos que te cases con ese chico con el que dices que no quieres casarte. Además, probablemente ahora no deberías hacerlo. Puedes pescar un pez gordo de verdad con todo ese dinero que tienes.

Hizo que eso sonara como algo sucio y su forma de decirlo provocó que Marie-Ange se estremeciera. La idea de amar a alguien ni se le había pasado por la cabeza a aquella anciana, y Marie-Ange se preguntó, como tantas otras veces, cómo habría sido su vida con su marido y si alguna vez lo había querido, incluso si era capaz de querer. Era imposible imaginarla joven, cariñosa o feliz.

Marie-Ange limpió la cocina después de la cena. Su tía dijo que se iba a acostar temprano y se impulsó silenciosamente por el oscuro pasillo.

Cuando Billy llamó poco después, Marie-Ange le dijo que tenía que verlo.

—¿Pasa algo malo? —preguntó él, preocupado.

—No... sí... no... No lo sé. Estoy confusa. Ha pasado algo que tengo que contarte.

Le hacía mucha falta hablar con él. No había nadie más a quien decirle lo que pasaba, aunque sabía que él era tan poco experto como ella en cuestiones financieras.

Pero era sensato e inteligente y solo quería lo mejor para ella. Ni por un instante se le ocurrió que él pudiera sentir envidia de su situación.

—¿Estás bien? —le preguntó Billy.

Marie-Ange vaciló.

—Creo que sí. Sí. —No quería preocuparlo—. Lo que ha pasado es bueno. Es solo que no lo entiendo.

—Ven cuando quieras —dijo tranquilamente.

Su nueva novia estaba allí, pero vivía en una granja vecina y se ofreció a llevarla a casa antes de que llegara Marie-Ange. A ella no pareció importarle.

Marie-Ange estaba en el porche veinte minutos más tarde; llevaba el sobre con los documentos.

—¿Qué es eso?

Billy lo vio inmediatamente y se preguntó si sería un expediente académico de la universidad. Se preguntó si habría ganado otra beca, pero la expresión de su cara le indicó que era algo más importante.

—Hoy ha venido a verme un abogado —dijo ella en voz baja, para que el resto de la familia no la oyera.

Confiaba en él plenamente. Su fe nunca había sido infundada y sabía que tampoco lo sería esta vez.

—¿Para qué?

—Para hablar de algún dinero que mi padre me dejó al morir —dijo sencillamente.

Billy pensó inmediatamente, como ella había hecho, en una suma de miles, si había suerte. Por lo menos eso la ayudaría a acabar la universidad, y se sintió feliz por ella.

—Mucho dinero —dijo ella, tratando de ayudarle a acercar sus ideas a la realidad.

Pero lo que le había pasado era inconcebible y sabía que a Billy no le sería más fácil entenderlo que a ella.

—¿Como cuánto? —Al momento se corrigió—. ¿O prefieres no decírmelo? No tienes que hacerlo, ¿sabes? No es asunto mío —dijo discretamente.

—Supongo que no debería decir nada —dijo ella, y lo miró temerosa de que cambiara algo entre ellos—. No quiero que me odies por esto.

—No seas tonta. ¿Es que mató a alguien o robó el dinero? —preguntó en broma.

—Claro que no —dijo sonriéndole, nerviosa—. Es de la casa, de su empresa y de algunas inversiones. Lo que dejó ha aumentado mucho en estos últimos diez años, Billy. —Vaciló durante un largo instante—. Es un montón de dinero.

De repente sentía deseos de disculparse por aquel dinero. Le parecía un pecado tener tanto. Pero lo tenía y debía asumirlo.

—Me estás volviendo loco, Marie-Ange. ¿Me lo vas a decir o no? Por cierto, ¿tu tía Carole lo sabía?

—Parece que sí, más o menos. Y nunca aceptó que le dieran nada para mantenerme. Supongo que está bien, en cierto modo, pero sin duda mi vida habría sido más fácil si lo hubiera aceptado. Sea como sea, ahora es todo mío. —Sus miradas se encontraron y no se apartaron mientras él esperaba. Respiró profundamente y murmuró aquellas palabras que ni siquiera comprendía y que dudaba que llegara a comprender nunca. Era algo inaudito—. Diez millones de dólares —dijo, apenas lo bastante alto como para que él la oyera.

—Ya, claro —dijo él, riéndose de ella y recostándose en la silla, divertido por la broma. Había estado inclinado hacia delante, esperando oír lo que tenía que decirle, y ahora solo se burlaba de ella—. Y yo soy Mickey Mantle.

—No, hablo en serio. Es eso, de verdad.

Parecía que estuviera compartiendo algo terrible con él. Billy dejó de reír y se la quedó mirando fijamente.

—¿No me estás tomando el pelo?

Ella negó con la cabeza y él cerró los ojos como si le hubieran dado un puñetazo. Luego volvió a abrirlos para mirarla, incrédulo.

—Oh, Dios mío, Marie-Ange... ¿Qué vas a hacer con todo ese dinero? ¿Qué vas a hacer ahora?

En cierto modo, sentía mucho miedo por ella. Era una cantidad de dinero abrumadora. Superaba en mucho cualquier cosa que hubieran podido imaginar.

—No lo sé. Esta noche tía Carole me ha dicho que el mes que viene vende la granja y se va a la residencia de ancianos de Boone. Dentro de seis semanas no tendré ningún lugar donde vivir. Ya ha encontrado alguien que quiere la granja y ha decidido vendérsela.

—Puedes quedarte aquí —dijo generosamente, pero ella sabía que no había sitio y también que no estaría bien.

—Supongo que podría alquilar un apartamento en la universidad o vivir en la residencia. No sé qué se hace cuando pasa algo así.

—Yo tampoco —dijo él, sonriéndole con timidez—. Tu padre debió de haber sido endemoniadamente rico cuando eras niña. Me parece que nunca lo entendí. Ese *château* del que hablas debía de ser tan grande como el palacio de Buckingham.

—No, no lo era. Era precioso y yo lo adoraba. Supongo que había muchas tierras y que sus empresas iban muy bien. Además, tenía dinero ahorrado y... Dios, Billy, no sé que... ¿Qué voy a hacer ahora?

Había acudido a él en busca de consejo, pero eran jóvenes y hablaban de algo inconcebible para los dos, sobre todo por su forma de vivir. La vida en Iowa era muy sencilla.

—¿Qué quieres hacer? —le preguntó, pensativo—. ¿Quieres volver a casa y empezar de nuevo allí o acabar los estudios aquí? Ahora puedes hacer todo lo que quieras. Diablos, Marie-Ange, puedes ir a Harvard si quieres.

Para él aquello representaba una libertad sin límites y se alegraba por ella.

—Creo que me gustaría ir a casa durante un tiempo. Por lo menos, para volver a ver Marmouton.

Y no volver nunca más. Billy oía cómo resonaba aquella realidad en su cabeza mientras la escuchaba, pero no le habló de sus temores. De repente tenía miedo de no volver a verla nunca cuando se marchara. Pero ella sabía lo que él estaba pensando.

—Volveré. Solo quiero ir y ver cómo es. Quizá podría tomarme un semestre libre y volver para Navidad.

—Eso estaría bien —dijo él, y luego decidió dejar a un lado sus sentimientos y pensar solamente en ella. La amaba lo suficiente para hacerlo—. Pero quizá seas más feliz allí.

Después de todo era francesa y no tenía familia en Estados Unidos, salvo la tía Carole. Además, aunque había pasado casi la mitad de su vida en Iowa, en lo más profundo de su corazón seguía siendo francesa y siempre lo sería.

—Tal vez. Es que, en este momento, no sé qué hacer. —No sentía que ninguno de los dos sitios fuera su hogar. Y al poder hacer lo que quisiera, todo era mucho más confuso—. Si me quedara allí, ¿vendrías a verme? Así podrías usar tu francés por fin. Te enviaría el billete. —Lo conocía muy bien y sabía que nunca lo aceptaría y que le costaría mucho tomarse el tiempo para ir a verla, aun teniendo el dinero para pagarse el viaje—. Tienes que prometerme que vendrás si me quedo allí.

—¿Crees que acabarás los estudios? —preguntó, nuevamente preocupado por ella.

Marie-Ange asintió.

—Quiero hacerlo. Me parece que lo más probable es que vuelva aquí. Quizá me tome solo este semestre libre y vea qué pasa.

—Sería una lástima que no acabaras la universidad —dijo, y su voz sonaba como la de un hermano mayor.

Ella asintió de nuevo.

—Todavía no me lo puedo creer —dijo, mirándola antes de que se marchara—. Marie-Ange, es increíble. —Luego le sonrió y la abrazó—. Por todos los diablos, quién iba a pensar que te convertirías en una chica rica.

—Me siento como Cenicienta —murmuró ella.

—Pues ten cuidado de no fugarte con un apuesto príncipe en los próximos diez minutos.

Sabía que todo aquello significaba que no había esperanzas para ellos dos, pero, según Marie-Ange, nunca las había habido. Y ahora no había modo alguno de que pudiera pedírselo a ella. Era una rica heredera, pero también su mejor amiga, y le hizo jurar que aquello no cambiaría jamás nada entre ellos.

—Estaré aquí para Navidad —repitió, dándole su palabra, y era sincera al decirlo.

Pero él se preguntó si sería verdad, si volvería alguna vez, incluso si querría volver, después de los deprimentes años que había pasado allí. Le parecía justo que ahora quisiera regresar a casa.

La acompañó hasta el coche y volvió a abrazarla. El coche que él le había regalado le parecía una menudencia, a la luz de todo lo que acababa de pasar.

—Conduce con cuidado —le dijo sonriendo, todavía maravillado por lo que ella le había contado.

Los dos necesitaban tiempo para asimilarlo.

—Te quiero, Billy —dijo ella.

Lo decía en el mejor de los sentidos y él lo sabía.

—Yo también te quiero. Y tú ya lo sabes.

Ella le dijo adiós con la mano y se alejó en el coche. Tenía muchas cosas en que pensar mientras volvía a casa.

A la mañana siguiente, cogió el coche y fue a Des Moines. Había algo que sabía que tenía que hacer. Se le había ocurrido la noche anterior y no quería esperar ni un día más. Llamó a Andy McDermott y se lo explicó. Al principio él pareció un tanto asustado, pero, bien mirado, la joven solo tenía veintiún años. Era un primer paso interesante y ella se mostró rotundamente decidida cuando él la interrogó sobre ello.

Marie-Ange completó la transacción en menos de una hora y acordaron que lo entregarían en la granja aquella misma mañana. Se quedaron estupefactos por la rapidez con que había hecho la compra. Cuando lo trajeron, causó comentarios sin fin entre los jornaleros y la tía Carole se puso lívida al verlo.

—Es justo la clase de estupidez que pensaba que harías. ¿Qué vas a hacer con eso? —preguntó con tono acusador, aunque no podía hacer nada para detenerla.

—Se lo voy a dar a Billy —dijo Marie-Ange con calma mientras se deslizaba detrás del volante del Porsche rojo, recién estrenado que había comprado para él por la mañana.

Tres años antes, él había hecho posible que fuera a la universidad y consiguiera una educación y ahora ella iba a hacer algo por él, algo que él nunca podría hacer por sí mismo en toda su vida. Había pagado el seguro para dos años y sabía que iba a encantarle el coche.

Se detuvo delante de casa de Billy justo cuando él llegaba en el tractor con uno de sus hermanos y se quedaba pasmado mirándola.

—¿Lo has cambiado por el Chevy? Espero que te devolvieran algo de dinero. —Se echó a reír y se bajó del tractor de un salto para mirar más de cerca aquella máquina increíble que ella conducía—. ¿Cómo le vas a decir a la gente que lo has comprado? —preguntó con aspecto preocupado.

Sabía que ella no quería que todo el mundo hablara de ella ni supiera lo que había heredado de su padre.

—Todavía no lo he decidido —respondió ella sonriendo—. Quizá les diga que lo he robado. Pero, por lo menos, no seré yo quien lo conduzca.

—¿Por qué no? —preguntó confuso.

Tranquilamente, ella le dio las llaves y un beso en cada mejilla, al estilo francés.

—¡Porque es tuyo, Billy! —dijo dulcemente—. Porque eres el mejor amigo que tengo en el mundo, porque eres mi hermano.

A Billy se le llenaron los ojos de lágrimas y no supo qué decir. Cuando por fin pudo hablar, insistió en que no podía aceptarlo, por mucho dinero que su padre le hubiera dejado. Pero ella se negó a discutir con él o a cambiar de opinión. Los documentos estaban ya a nombre de Billy. Marie-Ange se deslizó al asiento del pasajero, esperando a que él la llevara a dar una vuelta.

—No sé qué decirte —murmuró él con voz entrecortada al sentarse al volante.

Era difícil resistirse y, en la granja, todo el mundo los estaba mirando. Sabían que acababa de pasar algo increíble.

—¿Significa eso que vas a casarte con él? —gritó la madre desde la ventana de la cocina, preguntándose si habría ganado el coche en un concurso. Quizá le había tocado la lotería o algo así.

—No, significa que él tiene un coche nuevo —respondió Marie-Ange, también gritando con una sonrisa mientras Billy giraba la llave en el contacto y el pequeño coche deportivo rugía al ponerse en marcha.

Salieron a toda velocidad y Billy soltó un salvaje hurra de felicidad, mientras la rubia y larga melena de Marie-Ange ondeaba al viento detrás de ella.

6

La tía Carole vendió la granja, tal como había dicho que haría, y dos semanas más tarde se trasladó a la residencia de Boone. Marie-Ange la ayudó a empaquetar sus cosas y no pudo evitar pensar en la crueldad de su tía cuando llevó sus maletas a Goodwill y las dejó allí con casi todo lo que había traído de Francia. Esta vez Marie-Ange empaquetó todos los pequeños recuerdos de su tía y sus pertenencias favoritas. Cuando llegaron a la residencia, la anciana se volvió hacia ella, la miró con dureza y le dijo:

—No hagas ninguna estupidez.

—Lo intentaré —respondió Marie-Ange con una sonrisa. Deseaba sentir algo más por su tía, pero no era así. La anciana nunca se lo había permitido. Ni siquiera pudo decirle que la echaría en falta. Las dos sabían que no era así—. Le escribiré para decirle dónde estoy —dijo educadamente.

—No es necesario. No me gusta escribir. Si necesito encontrarte, puedo llamar al banco.

Después de diez años de vivir juntas, era una despedida seca y carente de emoción. Carole no era capaz de nada más, nunca lo había sido.

Al marcharse, Marie-Ange se sentía triste por todo lo

que no había pasado entre ellas. Por lo menos emocionalmente, y salvo por Billy, habían sido diez años desperdiciados.

Volvió a la casa y empaquetó sus cosas. Tom y su esposa ya se habían ido y la casa parecía extraña y desolada. Marie-Ange tenía su pasaporte y los billetes y las maletas hechas. Se marchaba por la mañana, por el mismo camino por donde había venido, primero a Chicago y luego a París. Iba a quedarse allí unos días y, quizá, miraría qué cursos había en la Sorbona. Luego alquilaría un coche e iría hasta Marmouton solo para verlo. También quería averiguar qué le había pasado a Sophie. Suponía que había muerto, pero tal vez encontrara a alguien que le dijera cómo y cuándo. Sospechaba que había muerto con el corazón roto, pero en cualquier caso, quería saberlo. Sabía que si Sophie estuviera viva, le habría escrito, y no lo había hecho. Ni una sola carta en respuesta a las suyas.

Cenó con Billy y su familia. Toda la gente de los alrededores hablaba del Porsche nuevo y él lo cogía a la más mínima oportunidad. Su padre lo picaba diciendo que pasaba más tiempo con el coche que con el tractor. Su novia, Debbi, estaba loca con él. Pero para Billy significaba tanto porque era Marie-Ange quien se lo había regalado. Al final había dejado de discutir con ella y lo había aceptado, aunque insistiendo en que no debería hacerlo. No lograba obligarse a separarse de él. Era el coche de sus sueños y la muestra del agradecimiento de Marie-Ange por el Chevy que la había llevado a la universidad.

—Te llamaré desde París en cuanto pueda —le prometió ella cuando la acompañó de vuelta a casa. Le había dejado el Chevy y le había pedido que se lo guardara por si volvía para acabar los estudios. No quería venderlo, significaba demasiado para ella. Era lo único que quería conservar de sus años con tía Carole. No tenía otros recuerdos felices excepto los que tenían que ver con su amigo.

Billy le prometió recogerla por la mañana para llevarla al aeropuerto. Mientras deambulaba sola por la casa pensando en los diez años que había pasado allí, le parecía fantasmagórica y dolorosamente solitaria. Se preguntó cómo estaría su tía en la residencia, pero Carole le había dicho que no se molestara en llamar, así que no lo hizo.

Durmió a trompicones, inquieta. Cuando se levantó, por vez primera en diez años no hizo ninguna tarea. Lo más extraño de todo era pensar que pronto estaría en París y luego de vuelta en Marmouton. Ni siquiera era capaz de imaginar qué iba a encontrar allí.

Billy la recogió puntualmente a las nueve y puso su única y pequeña maleta en el coche. Marie-Ange casi no tenía nada que llevarse. No tenía recuerdos ni fotografías, salvo de Billy, nada, excepto los regalos que él le había hecho a lo largo de los años para su cumpleaños y por Navidad. Aparte de eso, lo único que significaba algo para ella eran las fotografías de sus padres y de Robert y el guardapelo que todavía conservaba como un tesoro.

En el coche, de camino al aeropuerto, ninguno de los dos dijo nada. Había mucho que decir y ninguna manera de hacerlo. Todo se lo habían dicho a lo largo de los años y habían estado disponibles para el otro como todavía lo estaban. Pero los dos sabían que, con ocho mil kilómetros de distancia entre ellos, no podía sino ser diferente.

—Llámame si me necesitas —dijo él mientras esperaban que llegara el avión de Chicago.

Marie-Ange no había vuelto a subir a un avión desde que viniera a Iowa y recordaba lo aterrorizada, lo desconsolada y sola que se había sentido. Billy había sido su único amigo en todos aquellos años, su única fuente de fortaleza y consuelo. Su tía abuela le había dado alojamiento y comida, pero nunca había habido ningún cariño entre ellas. Billy era su familia, mucho más que la tía Carole lo había sido nunca y, antes de subir al avión, le dio un largo y fuerte abrazo mientras las lágrimas les bañaban las mejillas a los dos.

—Voy a echarte tanto en falta —dijo ella llorando.

Era como despedirse de Robert otra vez. Tenía miedo de no volver a ver a Billy nunca más, igual que cuando perdió a su hermano. Él percibió lo que pensaba sin necesidad de que lo dijera en palabras y la tranquilizó en voz baja.

—Estaré bien. Lo más probable es que odies Francia y vuelvas a estar aquí antes de que nos demos cuenta —dijo, pero no lo creía.

—Cuídate mucho —le dijo ella con dulzura y se besaron y se abrazaron por última vez. Ella levantó la mirada hacia él y quiso grabar para siempre en su memoria la imagen de su cara pecosa—. Te quiero, Billy.

—Yo también te quiero, Marie-Ange —dijo él, deseando que ella se quedara en Iowa.

Pero no habría sido justo para ella y él lo sabía. Ahora tenía la oportunidad de hacer muchas cosas.

Se quedó allí de pie, agitando la mano con un gesto de despedida hasta que el avión fue solo un punto en el cielo. Luego condujo lentamente de vuelta a la granja en su nuevo coche rojo, llorando por todo lo que ella había sido para él y por lo que nunca sería.

7

El avión aterrizó en el aeropuerto Charles de Gaulle a las cuatro de la madrugada; con una única maleta, a Marie-Ange solo le llevó unos minutos pasar por la aduana. Resultaba extraño oír de repente a todo el mundo hablando en francés. Sonrió al pensar en Billy y en lo bien que lo había aprendido.

Fue en taxi hasta un pequeño hotel que una de las azafatas le había recomendado. Estaba en la orilla izquierda y era seguro y limpio. Después de lavarse la cara y deshacer la maleta, era hora de desayunar. Decidió dar una vuelta por las calles y encontró un pequeño café donde pidió un café con leche y un cruasán. Solo por la alegría que le producía, se hizo un *canard* en la humeante taza de café con leche pensando en Robert. Le traía tantos recuerdos que apenas podía soportarlo. Después paseó durante horas mirando a la gente, disfrutando del panorama, saboreando la sensación de estar de nuevo en Francia. No volvió al hotel hasta al cabo de muchas horas y, cuando llegó, estaba exhausta.

Cenó en un pequeño *bistró*. Aquella noche, acostada en la cama del hotel, lloró por su hermano y sus padres, por los años perdidos y por el amigo que había dejado en Iowa. Pero, a pesar de su tristeza, adoraba estar en

París. Por la mañana, fue a la Sorbona y cogió algunos folletos sobre los cursos que ofrecían.

Al día siguiente, alquiló un coche y tomó el camino de Marmouton. Le llevó todo el día llegar allí. Notaba cómo le latía el corazón con fuerza mientras atravesaba lentamente el pueblo. Obedeciendo a un impulso, se detuvo en la panadería que tanto le gustaba cuando era niña y se quedó mirando, sin poder creérselo, a la misma anciana que estaba entonces detrás del mostrador. Había sido amiga íntima de Sophie.

Marie-Ange le habló con cautela y le explicó quién era. La anciana rompió a llorar en cuanto la reconoció.

—¡Dios mío, qué guapa estás y qué mayor! Sophie habría estado orgullosa de ti —dijo mientras la abrazaba.

—¿Qué le ha pasado? —preguntó Marie-Ange mientras la mujer le ofrecía un cruasán desde detrás del mostrador.

—Murió el año pasado —dijo con tristeza la panadera.

—Le escribí muchas veces y nunca me contestó. ¿Estuvo enferma mucho tiempo?

Pensó que quizá hubiera tenido un ataque de apoplejía al poco de marcharse ella. Era la única explicación posible para su silencio.

—No, se fue a vivir con su hija cuando tú te fuiste, aunque venía a visitarme de vez en cuando. Siempre hablábamos de ti. Me dijo que te había escrito casi un centenar de veces el primer año, pero que todas las cartas le venían devueltas sin abrir. Después, renunció. Pensó que quizá tenía mal la dirección, pero el abogado de tu padre le dijo que era correcta. Quizá alguien no quería que vieras sus cartas.

Marie-Ange sintió como si le clavaran un puñal en el

corazón al darse cuenta de que la tía Carole debía de haber devuelto las cartas a Sophie y tirado a la basura las suyas para ella, con el fin de cortar todos los lazos con su pasado. Era justamente el tipo de cosas que Carole haría. Era otro acto más de maldad, pero tan innecesario y tan cruel... y ahora Sophie estaba muerta. Sintió su pérdida como si acabara de suceder.

—Lo siento —añadió la mujer al ver la cara de la joven y el dolor grabado en ella.

—¿Quién vive ahora en el *château*? —preguntó Marie-Ange.

No resultaba fácil volver; todo estaba lleno de recuerdos agridulces para ella. Sabía que se le rompería el corazón al ver el *château* de nuevo, pero sentía que tenía que hacerlo, que debía rendir ese homenaje al pasado, volver a tocar una parte de su familia como si al llegar pudiera encontrarlos de nuevo, aunque sabía que no iba a ser así.

—Es propiedad de un conde. El conde de Beauchamp. Vive en París y nunca se le ve por aquí. Viene muy pocas veces, pero puedes echar una ojeada, si quieres. La verja está siempre abierta. Tiene un guarda, puede que te acuerdes de él; es el nieto de madame Fournier.

Marie-Ange lo recordaba de la granja de Marmouton. Solo tenía unos años más que ella y a veces jugaban juntos cuando niños. Una vez la ayudó a trepar a un árbol y Sophie les regañó a los dos y les obligó a bajar. Se preguntó si él lo recordaría tan claramente como ella.

Le dio las gracias a la panadera y se fue, prometiendo volver. Recorrió lentamente el resto del camino hasta el *château* y cuando llegó, vio que, tal como le había dicho la mujer, la verja estaba abierta, lo cual era sorprendente, sobre todo si el propietario estaba ausente tan a menudo.

Marie-Ange aparcó su coche alquilado fuera de la propiedad y cruzó morosamente la verja, como si estuviera entrando de nuevo en el Paraíso y tuviera miedo de que alguien la detuviera. Pero no apareció nadie, no había ningún ruido ni señales de vida. Y no se veía a Alain Fournier por ninguna parte. El *château* parecía abandonado. Las contraventanas estaban cerradas; los jardines, llenos de maleza; todo tenía un aspecto mustio. Vio que parte del tejado estaba deteriorado. Más allá de la casa, vio los campos y árboles, los bosques y los huertos tan familiares. Eran exactamente como los recordaba. Era como si, solo con verlos, volviera a ser una niña de nuevo y Sophie fuera a aparecer, en cualquier momento, a buscarla. Su hermano estaría todavía allí y sus padres volverían a casa de sus ocupaciones a tiempo para la cena. Se quedó, de pie, absolutamente inmóvil. Oía a los pájaros y deseó poder trepar a un árbol otra vez. El aire era fresco y aquel lugar, incluso tan desmejorado, era más hermoso que ningún otro. Por un momento deseó que Billy pudiera verlo. Era exactamente como ella se lo había descrito.

Se adentró en los campos con la cabeza inclinada pensando en la familia que había perdido, en los años que había estado lejos, en la vida que tanto había amado y que acabó tan bruscamente. Y ahora que había vuelto, todo pertenecía a otra persona. Pensar en ello la llenaba de tristeza. Se sentó en una piedra, en medio de los campos, reviviendo mil recuerdos tiernos y, luego, cuando la noche empezaba a caer en el frío aire de octubre, echó a andar despacio hacia el patio. Acababa de pasar frente a la puerta de la cocina cuando un coche deportivo llegó a toda velocidad y se detuvo junto a ella. El hombre que iba al volante se la quedó mirando con aire intrigado, luego le sonrió y bajó del coche. Era alto y delgado, con el pelo oscuro y los ojos verdes, y tenía un aspecto muy aristocrático. Se preguntó si sería el conde de Beauchamp.

—¿Se ha perdido? ¿Necesita ayuda? —preguntó con voz agradable.

Marie-Ange observó el sello de oro que llevaba en el dedo y que indicaba que era aristócrata.

—No, lo siento. En realidad soy una intrusa —dijo, pensando en cómo su tía abuela había disparado la escopeta la primera vez que Billy fue a verla.

Pero los modales de aquel hombre eran mucho mejores que los de su tía Carole.

—Es un bonito lugar, ¿no cree? —dijo con una sonrisa—. Me gustaría poder pasar más tiempo aquí.

—Es hermoso —dijo ella con una melancólica sonrisa.

En aquel momento llegó otro coche y se detuvo cerca de ellos. Bajó un hombre joven y Marie-Ange vio que era el guarda, Alain Fournier.

—¿Alain? —dijo sin poder contenerse.

Era bajo y robusto y tenía la misma cara agradable que cuando era niño y jugaban los dos juntos. También él la reconoció inmediatamente; aunque ahora llevaba el pelo largo y sin tirabuzones, seguía teniendo el mismo color dorado de siempre. Y aunque había crecido, no había cambiado mucho.

—¿Marie-Ange? —preguntó con cara de asombro.

—¿Son amigos? —dijo el conde con aire divertido.

—Lo éramos —respondió el guarda mientras le estrechaba la mano a Marie-Ange—, jugábamos juntos de niños. ¿Cuándo has vuelto? —le preguntó mirándola con curiosidad.

—Ahora mismo... hoy... —Miró disculpándose al nuevo propietario del *château*—. Lo siento, solo quería verlo.

—¿Vivió usted aquí? —preguntó el conde, intrigado por la breve conversación.

—Sí. De niña. Mis padres... yo... murieron hace mucho tiempo y yo fui a Estados Unidos a vivir con mi tía abuela. He venido en coche desde París.

—Yo también —dijo sonriéndole afablemente con aire cortés.

Alain se despidió con un gesto y se marchó.

El conde llevaba una chaqueta azul y pantalones grises de franela. Su ropa tenía un corte impecable y debía de ser muy cara.

—¿Le gustaría entrar y echar una ojeada?

Marie-Ange vaciló un momento; no quería importunarlo más, pero la proposición era irresistible. Él vio en sus ojos que le encantaría aceptar.

—Insisto en que entre. Empieza a hacer frío aquí fuera. Voy a preparar un poco de té y usted puede deambular por la casa a sus anchas.

Sin decir nada, ella lo siguió agradecida y entró en la cocina que tan bien conocía. Al hacerlo notó que su mundo perdido la envolvía y las lágrimas acudieron en tropel a sus ojos mientras miraba alrededor.

—¿Ha cambiado mucho? —le preguntó él amablemente. Aunque no conocía las circunstancias del accidente de sus padres, era fácil ver que se tratraba de un momento muy emotivo para ella—. ¿Por qué no da una vuelta? Cuando vuelva, le tendré preparada una taza de té.

Era embarazoso haber invadido su casa de aquella manera, pero él se mostraba muy amable.

—Apenas ha cambiado nada —dijo ella con cara sorprendida y emocionada. En realidad, allí estaban la misma mesa y las mismas sillas donde desayunaba y almorzaba cada día con sus padres y Robert. Era la misma mesa por debajo de la cual su hermano le pasaba los azucarados *canards* que iban goteando café en la alfombra—. ¿Compró el *château* a los administradores de mi padre? —preguntó mientras él sacaba la tetera y un antiguo filtro de plata.

—No. Se lo compré a un hombre que lo tenía desde hacía varios años, pero que no había vivido nunca aquí. Creo que su esposa estaba enferma o no le gustaba esto... Me lo vendió y estoy pensando en pasar algún tiempo aquí y restaurarlo. Hace poco que es mío y he estado muy ocupado para prestarle mucha atención, pero espero iniciar los trabajos este invierno o, como mucho, en primavera. Se merece volver a ser tan hermoso como era antes.

No podía negarse que ahora tenía un aspecto ajado y descuidado.

—No parece que sea necesario mucho trabajo para lograrlo —dijo Marie-Ange mientras su anfitrión filtraba el té.

Las paredes necesitaban pintura y los suelos, cera, pero a ella seguía pareciéndole maravilloso y tan perfecto como lo recordaba. Él sonrió ante su valoración.

—Me temo que la fontanería está en muy mal estado y la instalación eléctrica está estropeada. Necesita mucho trabajo que ni siquiera se ve. Créame, es una tarea de envergadura. Y es necesario volver a plantar tanto los viñedos como los huertos... y necesita un tejado nuevo. Me temo, mademoiselle, que he dejado que el hogar de su familia cayera en un estado de deterioro —dijo disculpándose con una sonrisa llena de encanto, ingenio y humor—. Por cierto, soy Bernard de Beauchamp.

Le tendió la mano y se estrecharon las manos educadamente.

—Marie-Ange Hawkins.

Al oír aquel nombre, algo encajó en su memoria y recordó la historia de un terrible accidente que se había cobrado tres vidas y había dejado a una niña huérfana. El hombre al que le había comprado el *château,* que lo había adquirido a su vez a los administradores del padre de Marie, le había contado lo sucedido.

La acompañó hasta la sala de estar y oyó cómo subía las escaleras para ir a su antiguo dormitorio. Cuando volvió a bajar, vio que había estado llorando y sintió lástima por ella.

—Debe de ser muy difícil para usted estar aquí —dijo, y le dio la taza de té que había preparado para ella.

Era fuerte y oscuro, con un sabor penetrante que la ayudó a recuperarse junto a la familiar mesa de la cocina donde él la invitaba a sentarse.

—Es más duro de lo que pensaba —admitió mientras se sentaba.

Era muy joven y muy bonita. Él casi le doblaba la edad. Acababa de cumplir cuarenta años.

—Era de esperar —dijo con aire grave—. Recuerdo haber oído hablar de sus padres y de usted —añadió sonriendo.

No había nada perverso o lascivo en él. Tenía un aspecto agradable y parecía una persona comprensiva.

—Yo también he pasado por algo similar. Perdí a mi esposa y a mi hijo hace diez años en un incendio, en un *château* como este. Lo vendí y me costó mucho tiempo superarlo, si es que algo así se supera alguna vez. Por eso quise comprar esta mansión, porque ansiaba volver a tener una casa así, pero me ha sido difícil. Quizá esa es la razón de que haya tardado tanto tiempo en empezar las reparaciones. Pero será magnífico cuando por fin las haga.

—Era magnífico cuando yo vivía aquí —dijo Marie-Ange sonriendo, agradecida por su amabilidad—. Mi madre siempre lo tenía todo lleno de flores.

—¿Y cómo era usted entonces? —preguntó con una amable sonrisa.

—Me pasaba el día subiéndome a los árboles y cogiendo fruta en los huertos.

Los dos se echaron a reír ante la imagen que ella pintaba para él.

—Bien, no hay duda de que ha crecido desde entonces —dijo él, y parecía encantado de estar tomando una taza de té con ella. Se sentía algo solo allí por las razones que le había explicado y disfrutaba de su compañía. Había sido una agradable sorpresa encontrarla al llegar—. Esta vez voy a quedarme un mes aquí. Quiero trabajar en los planos para la remodelación con el contratista del pueblo. Tiene que venir a verme otra vez si puede. ¿Se quedará mucho tiempo? —preguntó con curiosidad.

Marie-Ange pareció vacilar.

—Todavía no estoy segura. Solo hace dos días que llegué de Estados Unidos y lo único que estaba segura de querer hacer era venir aquí. Quiero ir a París y ver si estudio en la Sorbona.

—¿Se ha trasladado a Francia?

—No lo sé —dijo sinceramente—. No lo he decidido. Mi padre dejó... —Se interrumpió. Sería poco delicado mencionar el fideicomiso que su padre le había dejado—.

Tengo una oportunidad para hacer lo que quiera y he de tomar algunas decisiones al respecto.

—Es una buena postura —dijo él, y volvió a llenarle la taza de té mientras seguían hablando—. ¿Dónde se aloja, señorita Hawkins?

—Tampoco estoy segura de eso —dijo riéndose y pensando que debía de parecerle muy joven e ingenua. Él parecía adulto y mundano—. Por favor, llámeme Marie-Ange.

—Es un placer. —Sus modales eran impecables su encanto, imposible de pasar por alto; su aspecto, muy atractivo—. Acabo de tener una idea muy extraña y quizá pensará que estoy loco al proponérsela. Si todavía no ha hecho otros planes, me pregunto si quizá le gustaría quedarse aquí, Marie-Ange. No me conoce en absoluto, pero puede cerrar con llave todas las puertas de sus habitaciones, si quiere. En realidad yo duermo en la habitación de invitados porque me gusta más; la encuentro más soleada y alegre. Pero la suite principal puede aislarse de forma segura y estaría a salvo de mí, si eso le preocupa. Aunque quizá le molestaría quedarse aquí.

Ella permaneció inmóvil, mirándolo fijamente, abrumada por el ofrecimiento e incapaz de creer que pasaran cosas así. Además, no le tenía el más mínimo miedo. Era tan bien educado y tenía unos modales tan corteses que sabía que no tenía nada que temer de él. Y lo único que quería era quedarse allí y sumergirse en el pasado y en los recuerdos que había perdido durante una mitad de su vida.

—¿No sería muy descortés por mi parte quedarme aquí? —le preguntó prudentemente, temerosa de aprovecharse de su amabilidad pero muriéndose de ganas de hacerlo.

—No, si yo la invito, y eso es lo que he hecho. No se lo habría propuesto si no quisiera que se quedara. No me parece que vaya a causarme muchas molestias —dijo sonriendo con aire paternal.

Sin permitirse pensarlo dos veces, aceptó, prometiendo volver a París al día siguiente.

—Quédese todo el tiempo que quiera —dijo tranquilizándola—. Como le he dicho, voy a quedarme un mes aquí, de vacaciones, y este sitio es algo aburrido para estar solo.

Marie-Ange quería ofrecerse a pagarle por la habitación, pero temía que le resultara ofensivo. Era evidente que tenía dinero y, además, era conde. No quería ofenderlo tratando el *château* como si fuera un hotel.

—Por cierto, ¿qué vamos a hacer para la cena? ¿Tiene algún plan o improviso algo? No soy un gran cocinero, pero puedo preparar algo comestible. Tengo algunas cosas en el coche.

—No espero que me dé de comer, además. —Se sentía violenta por ser una carga así para él. No tenía ni idea de lo contento que estaba de tenerla allí—. Si quiere, cocinaré yo —propuso con timidez.

Había cocinado para tía Carole todas las noches. Eran comidas sencillas, pero su tía nunca se había quejado de ellas.

—¿Sabe cocinar? —preguntó como si la idea le divirtiera.

—En Estados Unidos tenía que cocinar para mi tía abuela.

—¿Igual que Cenicienta? —le preguntó bromeando, y aquellos ojos verdes chispeaban divertidos.

—Algo así —dijo Marie-Ange, y llevó la taza vacía a la pila que tan bien conocía.

Estar allí le traía incontables recuerdos de Sophie. Volvió a pensar en sus cartas y en lo que había averiguado ese mismo día.

—Yo cocinaré para usted —prometió él.

Al final los dos se decidieron por paté, la barra de pan que él había traído y un poco de brie. Él sacó una botella de un vino tinto excelente que ella rechazó amablemente.

Ella puso la mesa y charlaron durante un buen rato.

Él era de París, había vivido un tiempo en Inglaterra cuando era niño y luego había vuelto a Francia. Durante la conversación, le contó que su hijo tenía cuatro años cuando murió en el incendio. Dijo que pensaba que nunca se recuperaría y, en algunos aspectos, no lo había hecho. No se había vuelto a casar y reconoció que llevaba una vida solitaria, pero no parecía un hombre taciturno e hizo reír a Marie-Ange buena parte del tiempo.

Se separaron a las diez, después de que él se asegurara de que había sábanas limpias en la habitación principal. No le hizo insinuaciones de ningún tipo ni actuó de forma inapropiada. Le deseó buenas noches y desapareció en el cuarto de invitados, al otro extremo de la casa.

Dormir en la cama de sus padres y pensar en ellos era más difícil de lo que había pensado. Además, para llegar hasta allí, había pasado por delante de su propia habitación y de la de Robert. Durante toda la noche tuvo la cabeza y el corazón repletos de ellos.

8

Cuando Marie-Ange bajó a desayunar al día siguiente después de hacer la cama, parecía cansada.

—¿Qué tal ha dormido? —preguntó él con aire atento.

Estaba tomando un café con leche y leyendo el periódico que Alain le había comprado en el pueblo.

—Oh... me parece que esto está lleno de recuerdos —dijo, pensando que no debía molestarlo más y que podía desayunar en el pueblo.

—Me lo temía. Anoche estuve dándole vueltas a eso —dijo mientras le servía una enorme taza de café con leche—. Estas cosas llevan su tiempo.

—Han pasado diez años —dijo Marie-Ange, y tomó un sorbo de café pensando en los *canards* clandestinos de Robert.

—Pero nunca había vuelto aquí —respondió él con sensatez—. Tiene que ser difícil necesariamente. ¿Le gustaría ir a dar un paseo por los bosques o visitar la granja?

—Gracias, es usted muy amable, pero no puedo —dijo sonriendo—. Tengo que volver hoy a París.

No tenía sentido quedarse más tiempo. Había tenido una noche para recuperar sus recuerdos, pero esa ya no era su casa y era hora de que se fuera.

—¿Tiene algún compromiso en París? —preguntó él tranquilamente—. ¿O es que le parece que debería marcharse?

Marie-Ange sonrió asintiendo mientras él admiraba en silencio su larga cabellera rubia, aunque ella no veía nada inquietante en sus ojos. La idea de que había pasado una noche sola con él en la casa habría escandalizado a la mayoría; lo sabía, pero todo había sido muy casto, inofensivo y educado.

—Creo que debería tener tiempo para disfrutar de su casa sin que una extraña acampe en la habitación principal —dijo mirándolo con ojos serios—. Ha sido usted muy amable, señor conde, pero ya no tengo ningún derecho a estar aquí.

—Tiene todo el derecho del mundo; es mi invitada. En realidad, si dispone de tiempo, me gustaría mucho contar con sus consejos y beneficiarme de sus recuerdos para saber exactamente cómo era la casa antes. ¿Tiene ese tiempo?

La verdad es que lo único que tenía era tiempo. No podía creer lo extraordinariamente amable que era al invitarla a quedarse.

—¿Está seguro? —le preguntó francamente.

—Seguro del todo. Y preferiría que me llamara Bernard.

Antes de almorzar, dieron un paseo por los campos y ella le indicó, con precisión, dónde estaba todo antes. Llegaron hasta la granja; desde allí él llamó a Alain para que los recogiera a fin de que ella no se cansara en exceso volviendo a pie hasta la casa.

Marie-Ange fue a la ciudad para comprar comida y varias botellas de buen vino para agradecerle su extraordinaria hospitalidad. Esta vez, cuando sugirió que prepararía la cena, él la invitó a cenar fuera. La llevó a un acogedor *bistrot* que había cerca y que no estaba allí diez años antes. Lo pasaron muy bien. Él tenía miles de cosas que contar y una forma fácil de hablar, como si fueran viejos amigos. Era un hombre encantador de verdad, divertido e inteligente.

De nuevo se separaron delante de la habitación de sus padres y esta vez, cuando se metió en la cama, se quedó dormida al momento. Al día siguiente, cuando se levantó, le dijo con algo más de energía que creía que debía marcharse.

—Debo de haber hecho algo que la ha ofendido —dijo él, fingiendo sentirse dolido, y luego sonrió—. Ya le he dicho que le agradecería mucho su ayuda si pudiera quedarse, Marie-Ange.

Era una locura. Literalmente se había trasladado a la casa con él, y ella era una completa extraña que le había caído encima sin avisar. Pero, a pesar de su incomodidad, que él desvanecía tan fácilmente, la situación no parecía importarle a su anfitrión.

—¿Por qué no se queda a pasar el fin de semana? —preguntó en tono agradable—. Voy a dar una cena y me encantaría presentarle a algunos amigos. Se quedarán fascinados por todo lo que sabe de Marmouton. Uno de ellos es el arquitecto que va a dibujar los planos de la remodelación. Le agradecería mucho que se quedara. La verdad es que no sé por qué tiene que marcharse. No tiene ninguna necesidad de apresurarse a volver a París. Usted misma dijo que tenía tiempo.

—¿Todavía no se ha cansado de mí? —dijo con aire preocupado, pero enseguida sonrió.

Él se mostraba muy convincente al decirle que quería que se quedara, casi como si la hubiera estado esperando y no le importara lo más mínimo que hubiera acaparado la habitación principal e invadido su casa. La trataba como a una invitada esperada y a una buena amiga, en lugar de la intrusa que era.

—¿Por qué tendría que haberme cansado de usted? ¡Qué tontería! Es usted una compañía encantadora y me ha ayudado enormemente explicándome todo lo de la casa. —Incluso le había enseñado un pasadizo secreto que a Robert y a ella les encantaba y que a él le había fascinado. Ni siquiera Alain conocía su existencia, y eso que había crecido en la granja—. ¿Se quedará? Si ha de marcharse, cosa que no creo en absoluto, por lo menos pospóngalo hasta después del fin de semana.

—¿Está del todo seguro de que no quiere que me vaya?

—Todo lo contrario, de verdad. Quiero que se quede, Marie-Ange.

Así pues, continuó haciendo la compra para él y él cocinaba para ella. Volvieron a cenar en el mismo *bistrot* y, a la noche siguiente, ella cocinó para él. Y cuando llegó el fin de semana, ya eran como viejos amigos. Por la mañana, bromeaban con facilidad mientras tomaban el café con leche. Él le hablaba de política y le explicaba lo que había estado pasando en Francia. Le contaba cosas de la gente que conocía, de los amigos que más le gustaban; le preguntaba mucho por su familia y, de vez en cuando, rememoraba a su esposa y su hijo muertos. Le contó que antes trabajaba para un banco y que ahora hacía trabajos de consultoría, lo cual le proporcionaba mucho tiempo libre. Había trabajado tanto durante tantos años y había quedado tan deshecho cuando perdió a su esposa y a su hijo que ahora, por fin, disfrutaba tomándose un descanso de aquella vida tan frenética. A Marie-Ange todo aquello le parecía muy sensato.

Cuando llevaba allí una semana, decidió telefonear a

Billy desde la oficina de correos solo para decirle dónde estaba. Lo llamó desde la cabina telefónica porque no quería hacer una llamada trasatlántica con cargo al teléfono de Bernard.

—¿A que no sabes dónde estoy? —preguntó, riendo emocionada, en cuanto Billy cogió el teléfono.

—Déjame que lo adivine. En París. En la Sorbona.

Seguía esperando que volviera para acabar sus estudios en Iowa y sintió una punzada de decepción al pensar que se había matriculado en la Sorbona.

—Mejor que eso. Vuelve a intentarlo.

Le encantaba tomarle el pelo y había echado en falta hablar con él desde que se fue.

—Me rindo —dijo él tranquilamente.

—Estoy en Marmouton. En el *château*.

—¿Lo han convertido en hotel?

Se alegraba por ella; hacía mucho tiempo que no parecía tan feliz. Se le notaba descansada y satisfecha y en paz con sus recuerdos. Estaba contento de que hubiera ido a Marmouton.

—No, sigue siendo una casa privada. Vive un hombre muy agradable y deja que me quede aquí.

—¿Tiene familia? —Billy parecía preocupado.

Marie-Ange se echó a reír al oír el tono de su voz.

—La tenía. Perdió a su esposa y a su hijo en un incendio.

—¿Hace mucho?

—Diez años —dijo sin vacilar.

Sabía que no tenía nada que temer de Bernard. Lo había demostrado desde que ella llegó y confiaba en él; lo consideraba su amigo. Pero era difícil explicárselo a Billy por teléfono. Era algo que sentía; confiaba en su instinto respecto a aquel hombre.

—¿Qué edad tiene?

—Cuarenta años —dijo, como si fuera centenario. Claro que, comparado con ella, lo era.

—Marie-Ange, eso es peligroso —la regañó Billy con sensatez—. ¿Estás viviendo sola en el *château* con un viudo de cuarenta años? ¿Qué está pasando exactamente?

—Somos amigos. Le estoy ayudando a remodelar la casa indicándole exactamente cómo era antes.

—¿Por qué no puedes alojarte en un hotel?

—Porque prefiero quedarme en el *château* y él quiere que me quede. Dice que le ahorrará un montón de tiempo.

—Me parece que estás corriendo un riesgo excesivo —dijo Billy con voz preocupada—. ¿Qué harás si se abalanza sobre ti o se te insinúa? Estás sola con él en la casa.

—Te prometo que no va a hacer nada de eso. Además, este fin de semana vienen unos amigos suyos.

Por un lado, Billy se alegraba por ella, pero por el otro, pensaba que era muy insensata confiando en aquel hombre. Sin embargo, cuanto más insistía, más se reía ella. De repente parecía muy francesa.

—Solo ten cuidado, por amor de Dios. Ni siquiera sabes quién es, salvo que vive en tu antigua casa. No es suficiente.

—Es un hombre muy respetable —dijo, apresurándose a defenderlo.

—Eso es algo que no existe —dijo Billy, desconfiado. Sin embargo, ella parecía muy feliz e independiente y muy contenta de estar en casa. Por lo que ella decía y evidentemente sentía, ambos tenían claro que para ella aquella seguía siendo su casa. Marie-Ange le contó lo de las cartas de Sophie y él respondió que no le extrañaba. Era justo el tipo de cosas que la tía Carole haría.

—De cualquier modo, ten cuidado y llámame para que sepa cómo estás.

—Lo haré, pero no te preocupes por mí, Billy. Estoy muy bien. —Se notaba que así era sin lugar a dudas—. Te echo de menos.

Era verdad y él también la echaba de menos y, ahora, más que nunca, estaba preocupado por ella.

Marie-Ange volvió al *château* y, por la noche, Bernard y ella salieron de nuevo. A la mañana siguiente, llegaron sus amigos. Era un grupo animado; las mujeres eran refinadas y modernas y todas iban muy bien vestidas y se mostraron muy amables con Marie-Ange. Bernard les explicó quién era y les contó que había vivido en el *château* con su familia cuando era niña.

Uno de los hombres reconoció el nombre y conocía la empresa de su padre. Comentó que John Hawkins fue un hombre muy próspero y respetado. Marie-Ange le contó a Bernard cómo se habían conocido sus padres y él se sintió conmovido, pero le impresionó aún más lo que su amigo acababa de decir sobre el éxito de su padre como exportador de vinos. Marie-Ange comprendió que a los hombres les interesaban más los negocios que el amor.

Fue un fin de semana idílico para todos; cuando ella recogió sus cosas para marcharse, Bernard le rogó que no se fuera, pero ella sabía que ya había permanecido allí lo suficiente y que le había dicho todo lo que podía sobre el *château*. Definitivamente era hora de marcharse. Además, quería ir a la Sorbona, pero guardaría como un tesoro el recuerdo de los diez días que había pasado en Marmouton con él y le dio las gracias profusamente antes de marcharse. Se emocionó cuando él la besó en las dos mejillas y le dijo que sentía mucho que se fuera.

Volvió a París en el coche y cenó sola en el hotel, pensando en Bernard y en los días que acababa de pasar en el que había sido el *château* de su familia. Bernard le había hecho un regalo precioso y le estaba profundamente agradecida. Al día siguiente, sentada en el Deux Magots, le escribió una larga nota dándole las gracias. La echó al buzón por la noche. A la mañana siguiente, fue a la Sorbona a buscar información sobre los cursos. Todavía no había decidido si matricularse o volver a Iowa para cursar su último año de universidad allí. Iba pensándolo seriamente, tratando de decidir qué hacer, mientras daba un paseo por el bulevar Saint-Germain, de camino al hotel, cuando se dio de bruces con Bernard de Beauchamp.

—¿Qué está haciendo aquí? —preguntó con cara de sorpresa—. Pensaba que se había quedado en Marmouton.

—Así era —dijo con aire avergonzado—, pero he venido a París para verla. Cuando se marchó usted, aquel lugar me parecía una tumba.

Se sintió emocionada y halagada por sus palabras y supuso que tenía otras cosas que hacer en la ciudad, pero estaba tan feliz de verlo como él de verla a ella.

La llevó a Lucas Carton a cenar y a Chez Laurent, al día siguiente, a almorzar. Ella le contó todo lo relativo a la Sorbona y él le rogó que volviera con él a Marmouton, por lo menos a pasar unos días. Después de resistirse todo lo que le pareció razonable, hizo las maletas y se fue con él. Había devuelto el coche alquilado y fueron en el coche de él. Se sorprendió de lo mucho que disfrutaba de su compañía y de lo mucho que siempre tenían que decirse. Ni por un instante se aburrían de conversar, y cuando llegaron a Marmouton, sintió como si hubiera llegado a casa.

Esa segunda vez se quedó una semana. Cada día que pasaba estaban más cómodos el uno con el otro. Iban a pasear por el bosque y pasaban horas vagando por la finca.

Era casi a finales de mes cuando ella volvió a su hotel en París. Él también regresó a su casa de París al cabo de pocos días, y fue a verla al hotel. Estaban juntos constantemente, para comer o para dar largos paseos por el Bois de Boulogne. Se sentía más cómoda con él de lo que había estado con nadie desde hacía tiempo. Aparte de Billy, en Iowa, Bernard se había convertido en su único amigo. Solamente le preocupaba decidir qué hacer respecto a la Sorbona. Le costaba mucho tomar una decisión. No estaba segura de si debía volver a Iowa o quedarse en Francia.

Estaban sentados en las Tullerías cuando ella habló del tema.

—Tengo una idea mejor, otra cosa que tendrías que hacer antes de decidirte —respondió él crípticamente.

Ella no tenía ni idea de qué iba a sugerirle y se quedó estupefacta cuando le pidió que fuera a Londres con él. Tenía algunos asuntos que atender allí.

—Podemos ir al teatro, cenar en Harry's Bar y, después, ir a bailar a Annabel's. Te sentará bien, Marie-Ange. Y luego podemos ir a Marmouton a pasar el fin de semana y puedes decidir qué quieres hacer.

Era como si de repente se hubiera visto arrastrada a formar parte de su vida. Sin embargo, no había nada entre ellos; solo eran amigos.

Al final, sintiéndose cada vez más cómoda con él, lo

acompañó a Londres, donde se alojaron, en habitaciones separadas, en el Claridge. Salían cada noche. Le encantaba la gente que veía y las obras de teatro a las que la llevaba. Buscaban antigüedades para Marmouton y fueron a una subasta en Sotheby's. Lo pasaba maravillosamente con Bernard y esta vez no llamó a Billy para decirle dónde se encontraba. Estaba segura de que no lo entendería.

Ella misma pensaba que llevaba una vida de alta sociedad y que probablemente era una locura, pero no tenía nada más que hacer y Bernard se comportaba de una forma impecable. Nunca le había puesto la mano encima; era evidente que la respetaba. Seguían sin ser nada más que amigos hasta la noche en que fueron a bailar a Annabel's y, después de bailar juntos toda la noche, él se inclinó hacia ella y la besó en los labios. Ella lo miró preguntándose qué quería decir aquello. Le habría gustado explicárselo a alguien, pero no había nadie con quien pudiera hablar de Bernard. No podía llamar a Billy para consultar con él.

El mismo Bernard se lo explicó cuando volvieron a Marmouton a pasar el fin de semana. Mientras paseaban por el bosque cogidos de la mano, ella notó que esa vez había algo diferente.

—Marie-Ange, me estoy enamorando de ti —dijo en voz baja con aire preocupado—. No me había pasado nunca desde que murió mi mujer y no quiero que nadie sufra.

Cuando lo miró, su corazón voló hacia él y comprendió que se estaban convirtiendo en algo más que «amigos».

—¿Te parece una locura? —preguntó él con aspecto preocupado—. ¿Que haya pasado demasiado pronto? Soy mucho más viejo que tú. No tengo ningún derecho a meterte en mi vida, en particular si quieres volver a Estados Unidos. Pero he descubierto que lo único que deseo es estar contigo. ¿Tú qué piensas?

—Me siento emocionada —dijo prudentemente—. Nunca había pensado que sentirías eso por mí, Bernard.

Era tan mundano y tan atractivo que se sentía halagada al pensar que se estaba enamorando de ella. Se dio cuenta de que estaba empezando a sentir algo mucho más intenso por él. Nunca antes se había permitido pensar en ello porque estaba muy segura de que solo eran amigos; pero él no solamente le había abierto su corazón, sino que también le había abierto su casa. Ella había abusado de él sin piedad quedándose en el *château* y, ahora, lo único que quería era estar allí, con él. No podía menos de preguntarse si esa era la vida y el hombre a que estaba destinada.

—¿Qué vamos a hacer, amor mío? —preguntó él con tanta ternura en la mirada que, esta vez, cuando la besó bajo el árbol donde había jugado de niña, ya no se sorprendió.

—No lo sé. Nunca he estado enamorada antes —admitió.

No solo era virgen físicamente, sino también emocionalmente. Hasta entonces, nunca había habido un amor serio en su vida y de repente todo era nuevo y deslumbrante para ella, como el mismo Bernard.

—Quizá deberíamos darnos un poco de tiempo —dijo él con sensatez.

Pero, a partir de aquel momento, la sensatez pareció ser algo imposible para los dos.

Se quedaron en Marmouton más tiempo del que habían planeado; él le llevaba flores y pequeños regalos, escogidos cuidadosamente, se besaban sin parar y Bernard estaba tan apasionadamente enamorado de ella que Marie-Ange se vio envuelta en la marea de todo lo que sentía por él. En noviembre le hizo el amor por primera vez, apenas un mes después de conocerse. Más tarde, mientras permanecían abrazados, él le dijo todas esas cosas que ella nunca se había atrevido siquiera a soñar que le diría un hombre.

—Quiero casarme contigo —murmuró—. Quiero tener hijos contigo. Quiero estar contigo todo el tiempo que pueda.

Le dijo que, por haber perdido esposa e hijo, sabía lo efímera que puede ser la vida y que esta vez no quería dejar escapar ni un segundo.

Marie-Ange nunca había sido tan feliz en toda su vida.

—Esto no es respetable, Marie-Ange —afirmó él más tarde. Estaba preocupado por ella—. Soy un hombre de cuarenta años y tú eres todavía muy joven. No me gusta pensar en las cosas que la gente dirá de ti si descubren que tenemos una aventura. No es justo para ti.

Parecía afligido y a ella le entró el pánico pensando que estaba poniendo fin a su relación. Pero él lo aclaró inmediatamente y ella sintió un gran alivio.

—No tienes familia que te dé respetabilidad. Estás sola en el mundo y por completo a mi merced.

—Encuentro que estar «a tu merced» es muy agradable —bromeó ella.

—Pues yo no. Si tuvieras una familia que te protegiera, sería diferente pero no la tienes.

—Bueno, pues ¿qué propones? ¿Quieres adoptarme?

Sonreía de nuevo ahora que sabía que no estaba terminando con ella. Le encantaba cómo se preocupaba por ella y quería protegerla. Nadie lo había hecho antes excepto Billy, y él era solo un muchacho. Bernard era un hombre hecho y derecho. Tenía la edad suficiente como para ser su padre y a veces actuaba como si lo fuera. Al haber perdido a su propio padre a una edad tan temprana, le gustaba la protección que él le ofrecía y su evidente preocupación por ella. Estaba absolutamente enamorada de él.

—No quiero adoptarte, Marie-Ange —dijo solemnemente, casi con reverencia, y ella alargó el brazo y le cogió la mano—. Quiero que nos casemos. No creo que debamos esperar mucho más. No hace mucho que nos conocemos, pero nos conocemos mejor que muchas personas que se casan después de cinco años. No tenemos secretos el uno para el otro y hemos estado juntos casi en cada instante desde que nos conocimos. Marie-Ange —añadió, mirándola tiernamente—, te quiero más de lo que he querido a nadie en toda mi vida.

—Yo también te quiero, Bernard —dijo ella con dulzura, sorprendida por lo que le pedía.

Todo había sucedido muy rápidamente, pero también a ella le parecía perfectamente bien. Ya no pensaba en los estudios. Solo en Bernard y en volver al *château* y en formar una familia. Le estaba ofreciendo una vida que más parecía un sueño.

—Casémonos esta semana. Aquí, en Marmouton. Podemos casarnos en la capilla y empezar una nueva vida juntos. Será un nuevo principio para los dos. —Un principio que ambos querían más que cualquier otra cosa o a cualquier otra persona—. ¿Quieres?

—Yo... sí... quiero.

La abrazó estrechamente durante un largo instante y luego volvieron a la casa, cogidos de la mano. Aquella tarde hicieron el amor durante horas y horas. Luego él llamó al sacerdote y, al día siguiente, hizo los arreglos necesarios. Después Marie-Ange llamó a Billy, esta vez desde el *château*. Al principio no sabía cómo decírselo y finalmente se lo soltó todo de sopetón. Le preocupaba hacerle daño, aunque nunca lo había animado a albergar sentimientos amorosos hacia ella. Sin embargo, sabía lo mucho que le importaba.

—¿Qué dices que vas a hacer? —gritó Billy sin poder creérselo—. Pensaba que solo érais amigos.

Parecía horrorizado por lo que ella le acababa de decir y la acusó de haber perdido la cabeza desde su llegada a Francia. Nunca antes había sido impulsiva, pero estaba locamente enamorada de Bernard y ahora él era una fuerza poderosa en su vida, un hombre con pasión y determinación y con una manera de actuar llena de ímpetu. Le había hecho perder la cabeza en un tiempo increíblemente breve.

—Solo éramos amigos, pero las cosas han cambiado —dijo en voz muy baja.

No esperaba que se lo tomara tan mal.

—Eso parece. Mira, Marie-Ange, tómate un poco más de tiempo para ver si es algo real. Acabas de llegar ahí y volver al *château* ha sido muy emotivo para ti. Todo gira en torno a eso —dijo en tono de súplica.

—No, no es así —insistió ella—. Es él.

Billy no quiso preguntarle si se acostaba con él; ya había adivinado que sí. Y ella se negaba en redondo a escucharlo. Cuando colgó el teléfono, estaba muerto de preocupación por ella, pero sabía que no había nada que él pudiera hacer. Marie-Ange se casaba con un perfecto desconocido, principalmente porque vivía en el *château* de su padre. Y además era conde. Se sentía completamente impotente para hacerle cambiar de opinión.

—¿Quién era? —preguntó Bernard cuando ella dejó el teléfono.

—Mi mejor amigo de Iowa —respondió sonriéndole—. Cree que he perdido la cabeza.

Sentía haber disgustado a Billy, pero tenía una fe absoluta en Bernard y en su amor por ella y en el de ella por él.

—Yo también lo creo —dijo Bernard sonriendo—. Debe de ser contagioso.

—¿Qué ha dicho el párroco? —preguntó ella con calma.

No le preocupaba nada de lo que Billy le había dicho. Era lógico que desconfiara de Bernard y solo el tiempo le demostraría que se equivocaba. Había querido que supiera que ella y Bernard iban a casarse. Después de todo, era su mejor amigo y como un hermano para ella. Al final Billy le había pedido que lo llamara si volvía a sus cabales y también aunque no lo hiciera. Y le prometió que siempre sería su amigo y estaría allí si lo necesitaba. Pero pese a lo mucho que lo quería, ahora lo necesitaba menos. El vertiginoso mundo de Bernard la había absorbido por completo y no podía menos de preguntarse qué pensarían sus amigos, pero a él no parecía importarle. Los dos estaban completamente seguros de que estaban haciendo lo acertado.

—El párroco ha dicho que celebraremos la ceremonia civil en la *mairie* dentro de dos días, el viernes, y que nos casará aquí, en la capilla, al día siguiente. Va a publicar las amonestaciones hoy y acortará un poco el período de espera. ¿Qué tal te suena *madame la Comtesse*?

Ni siquiera había pensado en ello. Iba a ser condesa. La verdad es que era como un cuento de hadas. Cuatro meses antes, era la esclava de la tía Carole; un mes más tarde, se había convertido en heredera de una enorme fortuna y ahora iba a casarse con un conde que la adoraba y a quien ella adoraba y a volver a su casa paterna en Marmouton. La cabeza le daba vueltas al pensar en ello y seguía dándole vueltas dos días más tarde, cuando fueron a la *mairie* juntos para celebrar el matrimonio civil. Y al día siguiente, fueron a la capilla del *château* y se casaron ante los ojos de Dios. Madame Fournier y Alain fueron sus testigos y la anciana no dejó de llorar durante toda la ceremonia, dándole gracias a Dios por que Marie-Ange hubiera vuelto a casa.

—Te quiero, mi amor —dijo Bernard mientras la besaba, después de la ceremonia, y el sacerdote sonrió.

Hacían muy buena pareja, el conde y la condesa de Beauchamp.

Cuando el sacerdote y los Fournier los dejaron, después de tomar una copa de champán con ellos, Bernard la cogió en brazos y la llevó arriba, a la habitación de invitados que utilizaba como dormitorio, y la dejó suavemente en la cama, con el bonito vestido de seda blanca que llevaba. Le pasó la mano por la dorada cabellera y luego la besó de nuevo.

—Te adoro —murmuró.

Marie-Ange lo besó, apenas capaz de creer todo lo que le había pasado y lo feliz que era.

Él le quitó el vestido con delicadeza y luego se despojó de su propia ropa. Cuando le hizo el amor aquella noche, lo único que esperaba era hacerla feliz y que ella concibiera un hijo suyo.

9

Su primera Navidad en el *château* fue de una felicidad completa. Era tan evidente que Bernard estaba enamorado de ella que la gente sonreía al verlos juntos. Estar de nuevo en el *château* por Navidad le trajo un millón de recuerdos, algunos hermosos y otros menos dolorosos ahora porque él estaba con ella. Habló por teléfono con Billy el día de Nochebuena. Él se alegró por ella; le seguía preocupando que no conociera a su marido lo bastante bien y que hubiera decidido casarse demasiado impulsivamente. Ella lo tranquilizó lo mejor que pudo; nunca había sido tan feliz en toda su vida.

—¿Quién habría pensado hace un año que esta Navidad estaría viviendo de nuevo en Marmouton? —dijo, soñadora, por teléfono.

Billy sonrió con nostalgia al pensar en el tiempo que habían pasado juntos. Todavía no se había recuperado del choque que había sufrido al saber que Marie-Ange se casaba y no iba a volver a Iowa, salvo quizá, de visita algún día. Ahora salía mucho con Debbi, su novia, pero añoraba a Marie-Ange. Nada era ya igual.

—¿Quién habría pensado hace un año que resultarías ser una rica heredera y que yo conduciría un Porsche?

En cierto modo, le parecía lógico, incluso a él, que

ella fuera condesa. Y deseaba que Bernard resultara ser todo lo que ella pensaba que era. Sin embargo, seguía recelando de él. Todo había sucedido con demasiada rapidez.

Después de las fiestas, la vida continuó al mismo ritmo acelerado para Bernard y Marie-Ange. Iban y venían de París, donde se alojaban en el apartamento de él. Era pequeño pero precioso y estaba lleno de antigüedades magníficas. En enero Marie-Ange supo que estaba embarazada y Bernard no cabía en sí de alegría. No paraba de hablar de lo viejo que era, de lo mucho que quería que tuvieran un hijo y de que esperaba que fuera niño para heredar su título. Deseaba desesperadamente tener un hijo varón.

Pocos días después de anunciarle que estaba esperando un hijo, empezó la restauración de Marmouton y en pocas semanas el *château* quedó sumido en el más absoluto caos. De repente estaban cambiándolo todo; el tejado; las paredes; las largas puertas cristaleras iban a ser agrandadas; la altura de las puertas se iba a modificar. Bernard había planeado una nueva cocina espectacular, una suite principal nueva de arriba abajo para ellos, una habitación para los niños que, según le prometió a Marie-Ange, sería como un cuento de hadas y una sala de cine en el sótano. Toda la instalación eléctrica iba a ser modernizada junto con la fontanería. Era una empresa de gran envergadura que excedía en mucho lo que Marie-Ange creía que él había planeado. Era fácil calcular que iba a costar una fortuna. Incluso pensaba plantar interminables acres de nuevos viñedos y huertos. Bernard le dijo que quería que tuviera una casa perfecta. Su amigo, el arquitecto de París, era el encargado de hacer los planos. Y había docenas de obreros por todas partes.

Bernard le prometió también que la mayor parte del trabajo interior estaría acabado para cuando naciera el niño en septiembre.

Cuando Marie-Ange volvió a llamar a Billy, le contó que estaba embarazada.

—Vaya, no has perdido el tiempo, ¿eh? —dijo, y seguía pareciendo preocupado por ella.

Todo parecía estar sucediendo a la velocidad del rayo. Marie-Ange le dijo que Bernard estaba ansioso por que formaran una familia, ya que era mucho mayor que ella y había perdido a su único hijo.

Escribió también a su tía Carole para contarle los cambios que había en su vida, pero no recibió respuesta. Era como si su tía abuela hubiera cerrado la puerta al pasado y la hubiera dejado a ella fuera.

En marzo el *château* estaba lleno de andamios y había obreros por todas partes, así que pasaban más tiempo en París. Aunque el apartamento de Bernard resultaba pequeño para los dos, era un espléndido *pied-à-terre* con grandes salas de recepción, techos altos y hermosas *boiseries* y paneles de madera. Estaba lleno de antigüedades caras, de cuadros que había heredado de su familia y de alfombras de Aubusson. Era un apartamento digno de una condesa, pero los dos preferían Marmouton.

En verano Bernard dijo que tenían que alejarse de la construcción del *château* y que su ausencia permitiría que los obreros avanzaran más deprisa. Había alquilado una villa en Saint-Jean-Cap-Ferrat, con un yate a motor de sesenta y cinco metros de eslora incluido. Y había invitado a algunos de sus amigos a que fueran a verlos allí.

—¡Dios mío, Bernard! Me estás malcriando —dijo ella riendo, cuando vio la casa y el yate.

El alquiler era para el mes de julio, ya que en agosto

pensaban estar de vuelta en Marmouton. Para entonces ella estaría de ocho meses y quería tomarse las cosas con un poco más de calma. Iba a tener el niño en el hospital de Poitiers.

El tiempo que pasaron en el sur de Francia le pareció algo mágico. Salían, veían a sus amigos y la villa estaba siempre llena de invitados de Roma, Munich, Londres y París. Y todos los que iban a visitarlos veían lo felices que eran y se alegraban por ellos.

Los nueve meses que llevaba con Bernard eran el tiempo más dichoso de su vida y los dos estaban entusiasmados esperando el bebé. La habitación de los niños estaba preparada cuando volvieron a Marmouton y Bernard había contratado a una chica del pueblo como niñera. Su suntuosa suite quedó acabada a finales de agosto, pero el resto de la casa todavía estaba siendo remodelada. Sin embargo, hasta aquel momento y pese a la cantidad de trabajo hecho, no había habido ni un solo problema. Todo estaba saliendo según los planes.

Fue el día uno de septiembre por la mañana, mientras estaba doblando diminutas camisitas en la habitación de los niños, cuando vino a verla el constructor. Le dijo que había algunas cosas que quería preguntarle sobre la fontanería. Bernard había hecho instalar unos fabulosos cuartos de baño de mármol con *jacuzzis*, bañeras enormes e incluso varias saunas.

Marie-Ange se sorprendió cuando, al final de la conversación, el hombre parecía reacio a marcharse y tenía el aire de sentirse incómodo. Era evidente que le preocupaba algo más, y cuando ella se lo preguntó, se lo explicó.

No se había pagado ninguna cuenta desde que empezaron los trabajos, aunque el conde les había prometido un pago en marzo y otro, más considerable, en agosto. Además, todos los proveedores que trabajaban para ellos se encontraban con el mismo problema. Marie-Ange se preguntó si Bernard no habría tenido tiempo de ocuparse de ello o si se habría olvidado mientras estaban en la Riviera. Lo que sí descubrió al hablar con aquel hombre fue que no habían pagado a nadie desde el inicio de los trabajos. Cuando le preguntó si tenía idea de lo que se les debía en aquel momento, él le dijo que no estaba seguro, pero que estaría muy por encima del millón de dólares. Marie-Ange se quedó mirándolo estupefacta y él le dio las cifras. Nunca se le había ocurrido preguntarle a Bernard cuánto tendría que pagar por restaurar el *château* y mejorarlo. Cuando hubieran acabado, sería impecable por fuera y lo último de lo último por dentro. Pero nunca había pensado en lo que le costaría restaurar su casa para ella.

—¿Está seguro? —le preguntó al constructor sin poder creérselo—. No puede ser tanto.

¿Cómo podía ser? ¿Cómo era posible que costara tanto rehacer el *château*? Le daba vergüenza que Bernard estuviera planeando gastarse tanto y se sentía culpable por todos los cambios que ella había aprobado. Le prometió al constructor que hablaría con su marido por la noche, cuando volviera de un viaje de negocios a París. En realidad no trabajaba desde hacía un año, aunque iba a la ciudad varias veces al mes para asistir a reuniones con sus consejeros y hablar de sus propias inversiones. Le había dicho que se resistía a volver a trabajar en el banco; quería pasar el tiempo con ella y concentrarse en los trabajos de construcción. En otoño le dijo que quería estar más con ella y con el bebé y ella se sintió halagada y encantada de que quisiera hacerlo.

Aquella noche, cuando él llegó a casa, mencionó su conversación con el constructor, incómoda por molestarlo con aquel asunto. Le dijo que no se había pagado a algunos proveedores y que se preguntaba si su secretaria de París se había olvidado de enviar el dinero. Con gran alivio por su parte, Bernard no pareció preocupado en absoluto. Marie-Ange también le dijo que lamentaba que la restauración le estuviera costando tan cara.

—Vale cada penique que gastemos, amor mío —dijo él con una ternura y naturalidad que la conmovieron profundamente.

Haría cualquier cosa por ella. En realidad la mimaba constantemente, con regalos pequeños y grandes. Le compró un precioso Jaguar en junio y se compró un nuevo Bentley para él. Le dijo que estaba esperando a liquidar unas inversiones para hacerle un pago global importante al constructor. Le contó que tenía fuertes inversiones en petróleo en Oriente Medio y valores en diversos países y que no quería perder dinero mientras fluctuaban los mercados internacionales. A ella le parecía absolutamente sensato, como a cualquiera, supuso. Con un aire de ligera incomodidad, Bernard dijo que había estado pensando en preguntarle si podía usar algunos de sus fondos temporalmente, ya que todos tenían mucha liquidez, y devolverle el dinero cuando sus inversiones «maduraran», a principios de octubre. Era cuestión de un mes o un mes y medio, pero satisfaría a sus acreedores. Marie-Ange no vio ningún inconveniente; le dijo que hiciera lo que creyera oportuno, que confiaba en él por completo. Él dijo que lo arreglaría con el banco y que le traería, para que ella los firmara, los documentos necesarios para hacer las transferencias. Marie-Ange siguió lamentando lo que finalmente iba a costarle y le propuso alterar parte de lo que habían planeado para que resultara menos caro.

—No preocupes a esa preciosa cabecita tuya, amor. Quiero que todo sea perfecto para ti. Tú en lo único que tienes que pensar es en el bebé.

Y eso fue lo que hizo durante las dos semanas siguientes. Borró por completo de su mente el asunto de las facturas, especialmente después de que él le hiciera firmar los papeles para hacer la transferencia de su cuenta a la de él. A la semana siguiente, el constructor le aseguró que todas las deudas habían quedado satisfechas. Ni siquiera le preocupó pensar que había adelantado un millón y medio de dólares para cubrirlas, porque Bernard iba a reembolsárselo dentro de poco. Todavía le asombraba hablar de aquellas cantidades de dinero y había asegurado al director del departamento fiduciario del banco, cuando él se lo preguntó, que era solo una transferencia temporal.

Pasó las dos semanas siguientes dando largos paseos con Bernard por el familiar bosque que tanto amaba y saliendo a cenar con él. En el *château* todo estaba dispuesto para el bebé, aunque el resto de trabajos continuaban en marcha.

El niño llegó en la fecha prevista, bien entrada la noche. Bernard la llevó al hospital a lo grande, en su nuevo Bentley, como si fuera una reina. Se alegró de que el parto fuera rápido y fácil y el bebé, una niña bonita y sana. Era el vivo retrato de su madre. La llamaron Heloise, Heloise Françoise Hawkins de Beauchamp, y volvieron con ella a casa dos días más tarde.

Marie-Ange se enamoró de ella al instante y Bernard armó un gran alboroto mimando a la madre y a la hija. Había champán y caviar cuando llegaron a casa y un espectacular brazalete con diamantes para Marie-Ange por haber sido tan valiente, según le dijo, y porque estaba muy orgulloso de ella. Pero también le dijo que esperaba que Heloise tuviera pronto un hermanito. Seguía deseando desesperadamente tener un hijo varón heredero del título y, aunque nunca llegó a decirle nada, Marie-Ange tenía la persistente sospecha de que le había fallado.

Cuando Heloise tenía un mes, el constructor volvió a ver a Marie-Ange para comunicarle que las cuentas no se habían pagado desde hacía seis semanas y que se habían acumulado de nuevo. Esta vez ascendían, aproximadamente, a doscientos cincuenta mil dólares.

Aquella petición le recordó a Marie-Ange que los valores de Bernard estaban a punto de vencer y se lo mencionó, vacilante, pero sin dudar de que pagaría por el trabajo que continuaba en Marmouton y que se esperaba estuviera completado para Navidad. Bernard le aseguró que no había ningún problema, aunque el vencimiento de sus valores había sido pospuesto de nuevo y necesitaba que ella cubriera las facturas solo una vez más; aseguró que le pagaría todo en noviembre. Ella lo explicó todo en el banco, como había hecho antes, y al día siguiente hizo la transferencia. Para entonces, había pagado cerca de dos millones de dólares, pero el *château* de Marmouton no había tenido nunca mejor aspecto.

Cuando Heloise tenía un mes y medio, Marie-Ange quiso darle una sorpresa a Bernard y fue a verlo a París. Pero, cuando llegó al apartamento, no estaba allí y la mujer que se encargaba de la limpieza le dijo que estaba en la calle Varennes, supervisando el trabajo de los obreros.

—¿Qué obreros? ¿Qué hay en la calle Varennes?

Marie-Ange estaba sorprendida y la mujer, preocupada. Le dijo que creía que quizá fuera una sorpresa para ella y que solo hacía una semana que habían empezado la construcción. Le aconsejó que no le dijera nada a su marido, pero Marie-Ange no pudo resistir el impulso de pasar por delante de aquella dirección y ver qué había. Y lo que vio cuando llegó, con el bebé en el coche, fue un monumental *hôtel particulier* del siglo XVIII, con establos, un jardín enorme y un patio. Bernard estaba allí enfrente con un fajo de planos en la mano y la vio antes de que pudiera continuar su camino.

—Así que lo has descubierto —dijo con una radiante sonrisa—. Iba a sorprenderte con los planos en Navidad.

Parecía orgulloso en lugar de decepcionado por que ella lo hubiera descubierto. Marie-Ange estaba desconcertada.

—¿Qué es esto? —preguntó, confusa.

En aquel momento Heloise empezó a llorar en el asiento de atrás. Era hora de amamantarla.

—Tu casa de París, mi amor —le dijo tiernamente y la besó—. Ven, echa una mirada ya que estás aquí.

Era la casa más grande y hermosa que había visto nunca, pero también estaba claro que nadie la había tocado desde hacía años y que estaba muy mal conservada.

—La conseguí casi por nada.

—Bernard —murmuró Marie-Ange, estupefacta—, ¿podemos permitírnoslo?

—Yo creo que sí —dijo él con seguridad—. ¿Tú no? Diría que es la residencia de la ciudad apropiada para el conde y la condesa de Beauchamp.

Para Marie-Ange era como si la misma Maria Antonieta hubiera vivido allí. Mientras la acompañaba, Bernard dijo que incluso era posible que hubiera pertenecido a uno de los primeros condes de Beauchamp. Era cosa del destino que la hubieran encontrado.

—¿Cuándo la compraste?

—Justo antes de nacer Heloise —admitió con una sonrisa de niño grande—. Quería darte una sorpresa.

A ella lo que le preocupaba era que el trabajo en Marmouton no estaba todavía acabado ni pagado. Pero Bernard no parecía tener miedo a gastar dinero y ella dio por sentado que tenía más que suficiente para respaldarlo, aunque no tuviera ningún activo líquido.

Pasaron la noche en el apartamento de París y él se mostró atento y encantador. Al final de la noche, casi la había convencido de que sería un buen lugar para trabajar cuando viniera a la ciudad y para recibir a amigos que no querían desplazarse hasta Marmouton.

—Además, ahora podemos pasar el tiempo en los dos sitios —dijo, orgulloso, y le explicó que la casa de la calle Varennes era tan elegante que hasta tenía salón de baile.

Pero Marie-Ange seguía inquieta cuando volvieron al *château* a la mañana siguiente.

—¿De verdad podemos permitírnoslo? —preguntó de nuevo con aire preocupado.

Era la primera vez que tenía la sensación de que estaban gastando demasiado dinero.

—Creo que sí. Y nuestro sistema funciona perfectamente; tú me adelantas pequeñas sumas para liquidar las facturas pequeñas y así yo tengo tiempo de gestionar nuestras inversiones como es debido.

El único problema era que las inversiones eran de él y las «pequeñas sumas» que ella le había adelantado ascendían a casi dos millones de dólares. Pero solo podía dar por sentado que su marido sabía lo que hacía y confiaba en él por completo.

Para Navidad el *château* estaba casi acabado y el mejor regalo que ella le hizo aquel año fue decirle, en Nochebuena, que volvía a estar embarazada y que esperaba que esta vez fuera niño para que no se sintiera decepcionado.

—Nada que hagas puede decepcionarme —dijo generosamente.

Pero los dos sabían que deseaba desesperadamente tener un hijo varón. Heloise tenía tres meses y medio y, como el próximo nacería en agosto, habría once meses de diferencia entre los dos. Como siempre, todo iba a la velocidad del rayo. Esta vez no llamó a Billy para darle la noticia; le envió una carta con la felicitación de Navidad. Ahora ya solo lo llamaba cada mes o cada dos meses. Estaba tan absorta en su vida con Bernard que apenas le quedaba tiempo para pensar en nada más, salvo en su hijita.

En enero, cuando Marie-Ange hizo otra transferencia importante desde su banco al de Bernard, el director del departamento fiduciario la llamó.

—¿Va todo bien, Marie-Ange? Está empezando a gastar su dinero como si fuera agua.

Sin duda había suficiente como para no preocuparse en exceso, pero con la última transferencia para pagar las obras en la casa de París había gastado algo más de dos millones de dólares. Todavía podía disponer de casi un millón y medio más, hasta que cumpliera los veinticinco años y heredara el dinero del siguiente plazo, pero el director estaba preocupado por ella. Marie-Ange le explicó el sistema que tenían Bernard y ella. Ella le adelantaba el dinero y él se lo devolvía en el momento más oportuno para sus inversiones.

—¿Y cuándo será eso? —preguntó sobriamente el director.

—Muy pronto —le aseguró ella—. Está pagando las obras de las dos casas.

Nunca le había dicho exactamente eso, pero sin duda lo había dado a entender y se sentía segura al tranquilizar al banquero.

A la semana siguiente, Bernard le explicó que había una crisis de petróleo en Oriente Medio y que perdería unas sumas incalculables si intentaba liquidar sus inversiones ahora. Era mucho más sensato dejarlas como estaban y, al final, eso les haría ganar un montón de dinero. Pero también significaba que ella tendría que pagar un depósito de un millón de dólares, de forma inmediata, para cubrir lo que debían de la casa de París. Le aseguró que la había comprado por nada y que tenía tres años para pagarle al anterior propietario los dos millones de dólares restantes y que, para entonces, ella ya habría recibido la segunda entrega de su herencia.

—No recibiré la siguiente parte de mi herencia hasta que cumpla los veinticinco años —le dijo a Bernard con cara de preocupación.

Le asustaba un poco ser la prestamista de su marido, especialmente por la elevada cuantía de sus inversiones. Pero Bernard la besó y le sonrió y le dijo que una de las cosas que le gustaban de ella era su inocencia.

—Los fondos como el tuyo, querida, pueden abrirse fácilmente. Eres una mujer casada responsable, con un hijo y otro en camino. Lo que estamos haciendo es una inversión sensata, no estamos apostando en Montecarlo. Y los responsables de tu fideicomiso serán razonables. Pueden darte dinero del fondo antes del plazo o adelantártelo a cuenta de la siguiente entrega. A decir verdad, directa o indirectamente, la totalidad del fondo está a tu disposición. Por cierto, ¿a cuánto asciende?

Lo preguntó sin darle importancia y Marie-Ange no vaciló en contestarle.

—A un poco más de diez millones de dólares en total.

—Es una bonita suma —dijo él sin parecer impresionado.

Era fácil deducir de su actitud que sus propias inversiones eran mucho mayores, pero además tenía veinte años más que ella, una carrera llena de éxitos y procedía de una familia ilustre. No le impresionaba lo que ella poseía, pero le satisfacía por ella que lo que su padre le había dejado fuera una cantidad sin duda respetable. Se alegraba por ella.

—Hablaremos con tus banqueros sobre tu acceso al dinero cuando tú quieras.

Parecía saber mucho de aquellos asuntos y a Marie-Ange le interesó lo que le contaba y se sintió menos preocupada.

A finales de la primavera, seguía sin haberle devuelto nada y a ella le violentaba volver a pedírselo. Por lo menos ya había pagado todos los trabajos de Marmouton y en lo único que tenía que pensar era en las obras de la casa de París. Lo que Bernard planeaba era ciertamente grandioso; le aseguró que, al final, la casa sería un monumento histórico y un legado permanente para sus hijos. Basándose en eso, era difícil contradecirlo y ella no lo hizo.

Volvieron a pasar el mes de julio en el sur de Francia, con un yate más grande y el habitual ejército de amigos, pero esta vez Marie-Ange no se encontraba tan bien antes del parto. Se movían mucho, entre París y el *château*, supervisando la obra de proporciones hercúleas que estaban haciendo en la ciudad. Además, Bernard la había llevado a Venecia la semana antes de marcharse al sur de Francia. Se sentía cansada cuando, por fin, volvieron a Marmouton. Hacía calor y se moría de ganas de que naciera el bebé, que era mucho más grande que el primero.

Vino, por fin, una semana más tarde de lo esperado, cuando Bernard y ella estaban pasando un tranquilo fin de semana en el *château*. Esta vez, consiguió hacer realidad los sueños de su marido. Era un niño y, aunque no se lo dijo, esperaba que le compensara por el hijo que había perdido. Bernard estaba entusiasmado con él, y, todavía más, con ella. Lo llamaron Robert, en recuerdo de su hermano.

En esta ocasión Marie-Ange se recuperó más lentamente. El parto había sido difícil, porque el bebé era más grande que Heloise. Pero a mediados de septiembre, estaba de vuelta en París, con Bernard, supervisando los trabajos de la casa de la calle Varennes. No le había hablado a Bernard de ello, pero él todavía no le había reembolsado nada de los fondos que le había adelantado. Le había dado hasta el último centavo de que disponía y las facturas continuaban lloviendo sin piedad. Suponía que Bernard las liquidaría, en algún momento, junto con los fondos que le debía a ella.

Estaba en París, en la nueva casa, con los dos niños, cuando el arquitecto dijo algo que la sorprendió. Bernard le había asegurado, categóricamente, que no iba a comprar nada para la casa hasta que hubieran pagado las cuentas pendientes. Y entonces, el arquitecto comentó que había un almacén cerca de Les Halles que Bernard iba llenando con cosas que iba adquiriendo, en su mayoría cuadros y antigüedades de un valor incalculable. Por la noche se lo preguntó a Bernard y él lo negó y dijo que no tenía ni idea de por qué el arquitecto había dicho algo así, pero al día siguiente, después de marcharse su marido, ella miró en sus papeles y encontró una carpeta muy gruesa repleta de facturas de galerías de arte y anticuarios. Había cuentas por otro millón de dólares más. Todavía tenía la carpeta en la mano cuando sonó el teléfono. Era Billy felicitándola por el nacimiento de Robert.

—¿Qué tal va todo por ahí? —preguntó, y parecía feliz—. ¿Sigue siendo el Príncipe Azul?

Ella insistió en que así era, pero estaba alterada por la inquietante carpeta, llena de facturas que sostenía. Lo que más la disgustaba era que él le hubiera mentido; anotada en la parte superior de la carpeta estaba la dirección del almacén que le había dicho que no tenía. Era la primera vez que lo pillaba en una mentira. No le dijo nada a Billy; no quería ser desleal con Bernard.

Billy le contó que se había enterado de que la tía Carole había estado enferma y también le comunicó algo más importante: iba a casarse. Su prometida era la misma chica con la que estaba saliendo cuando Marie-Ange se marchó. Pensaban casarse al verano siguiente.

—Ya ves, Marie-Ange, como tú no quisiste casarte conmigo —dijo bromeando—, no he tenido más remedio que apañármelas por mi cuenta.

Su prometida terminaba sus estudios aquel año y confiaban en casarse después de que se graduara. Le dijo que esperaba que fuera a la boda y ella le contestó que lo intentaría. Pero estaba tan nerviosa por el montón de facturas que, por una vez, no disfrutaba hablando con Billy. Después de colgar el teléfono, siguió pensando en él y en lo maravilloso que sería volver a verlo. Pero por mucho que lo deseara, ahora tenía su propia vida, un esposo y unos hijos. Tenía mucho que hacer y estaba preocupada por aquella montaña de cuentas impagadas. No sabía cómo abordar aquel asunto con Bernard; necesitaba un poco de tiempo para reflexionar. Estaba segura de que había alguna explicación del porqué su marido no había sido sincero con ella sobre las cosas que tenía almacenadas. Quizá quería darle una sorpresa. Quería creer que sus motivos eran buenos y no deseaba tener un enfrentamiento con él.

A la semana siguiente, cuando volvieron a Marmouton sin haberle mencionado nada todavía, hizo un descubrimiento que la conmocionó de verdad. Llegó una factura por un caro anillo de rubíes entregado a alguien en una dirección de París. Y la mujer que lo había comprado usaba el apellido de Bernard. Era la segunda vez en una semana que Marie-Ange empezaba a dudar de él y se sentía obsesionada por sus propios temores. Estaba tan asustada de lo que aquello podía significar, que quizá su marido le estaba siendo infiel, que decidió coger el coche e ir a París con los niños. Bernard estaba en Londres visitando a unos amigos y encargándose de unas inversiones y ella se instaló en el apartamento mientras pensaba detenidamente en el problema.

Se sentía terriblemente culpable, pero llamó al banco y pidió que le recomendaran un investigador privado. Se sentía como una traidora, pero necesitaba saber qué estaba haciendo Bernard y si la estaba engañando. Sin duda no le faltaban oportunidades para hacerlo cuando estaba en París o en otro sitio, aunque ella siempre había estado absolutamente segura de que la quería. Se preguntó si aquella mujer era una «amiga» de Bernard que había tenido la osadía de usar su apellido y fingir que estaba casada con él. Quizá fuera solo una coincidencia de apellidos, se decía esperanzada; quizá era una pariente lejana y su compra había ido a parar por error a la factura de Bernard. No estaba segura de qué creer ni de cómo había sucedido y no quería quedar en ridículo pidiendo información en la joyería. Le partía el corazón haber empezado a dudar de él, pero con la cantidad de dinero que estaba gastando y aquel anillo al que no podía encontrar explicación, sabía que necesitaba algunas respuestas.

Marie-Ange quería creer que había una explicación aceptable; quizá la mujer que había comprado el anillo era una psicópata.

En cualquier caso, seguía preocupándole por qué su marido le había mentido sobre las cosas del almacén. Y nada resolvía el problema de las facturas sin pagar que se iban amontonando. Por lo menos eso podía arreglarse, pero lo que de verdad quería saber era si podía confiar en él. No quería hablar de todo aquello con él hasta saber más. Si el asunto del anillo resultaba ser un error inocente y las cosas del almacén eran una sorpresa para ella, regalos que tenía intención de pagar él mismo, entonces no quería acusarlo. Pero si surgía alguna otra cosa en sus averiguaciones, tendría que enfrentarse a Bernard y oír su versión de la historia.

Entretanto quería pensar lo mejor de su marido, aunque sentía un persistente temor en el corazón. Siempre había confiado en él y se había entregado con todo el corazón a su vida en común. Habían tenido dos hijos en menos de dos años. Pero la verdad era que había acabado pagando todas las obras de restauración del *château* y ahora estaba la casa de la calle Varennes. Sumándolo todo, habían gastado tres millones de dólares de su dinero; debían otros dos de la casa de París y, en aquel momento, había más de un millón de dólares en cuentas impagadas. Era una cantidad de dinero asombrosa para haberla gastado en menos de dos años. Y Bernard seguía sin reducir sus gastos.

Cuando Marie-Ange entró en el despacho del investigador, sintió que se le caía el alma a los pies. Era pequeño, sórdido y sucio y el investigador que el banco le había recomendado tenía un aspecto desaliñado y se mostró poco amistoso mientras garabateaba algunas notas y le hacía unas cuantas preguntas muy personales. Y mientras Marie-Ange se oía a sí misma soltando todos aquellos datos sobre las casas y las sumas de dinero, era fácil comprender por qué estaba preocupada. Sin embargo, que gastara demasiado dinero no convertía a Bernard en mentiroso. Era la cuenta por el anillo de rubíes lo que más la perturbaba y sobre lo que quería saber más. ¿Por qué usaba aquella mujer el apellido de Bernard? Él le había dicho que no tenía ningún pariente vivo. Pero, aunque estaba muy preocupada, seguía creyendo que posiblemente había una explicación sencilla e inocente. No era imposible que hubiera alguien más en Francia, sin relación con él, que llevara el mismo apellido.

—¿Quiere que compruebe si hay otras facturas impagadas? —le preguntó el investigador dando por supuesto que así era, y ella asintió.

Ya había expresado su preocupación por la mujer y el anillo, pero no podía imaginar que Bernard la engañara, comprara un regalo caro para su amante y luego esperara que ella pagara la factura. Nadie podía ser tan atrevido ni hacer algo de tan mal gusto. Bernard no, por supuesto. Era sensible, elegante y sincero, según creía Marie-Ange.

—En realidad no creo que haya un problema —dijo Marie-Ange disculpándose por sus sospechas—. Pero me inquieté cuando encontré la carpeta con las cuentas sin pagar y descubrí lo del almacén, del que no me había dicho nada... y ahora el anillo... No sé quién puede ser esa mujer ni por qué la cuenta le llegó a mi marido. Probablemente es un error.

—Entiendo —dijo el investigador sin comprometerse y luego la miró y le sonrió.

—Si yo fuera usted, también estaría preocupado. Es un enorme montón de dinero para gastarlo en menos de dos años.

Estaba asombrado de que ella le hubiera permitido hacerlo. Pero era joven e inocente y supuso correctamente que su marido debía de ser todo un maestro.

—Bueno, verá, por supuesto que todo es una inversión —explicó Marie-Ange—. Nuestras casas son maravillosas y las dos son edificios históricos.

Le contó las mismas cosas que su marido le había dicho para justificar los gastos y el coste de las restauraciones, pero ahora temía que hubiera algo más que ella no sabía. No le había hablado de la casa de París hasta después de haberla comprado y empezado las obras en ella y no podía menos de preguntarse qué más le había ocultado.

Sin embargo, no estaba en absoluto preparada para lo que el investigador le contó cuando le telefoneó a Marmouton. Le preguntó si quería reunirse con él en la ciudad o si prefería que fuera él a verla al *château*. Bernard estaba en París, Robert solo tenía seis semanas y estaba muy resfriado, así que le sugirió que acudiera él a Marmouton.

Llegó a la mañana siguiente. Lo acompañó al despacho que Bernard usaba cuando estaba allí. No logró averiguar nada por la expresión de la cara del hombre. Le ofreció un café, pero él rehusó. Quería ir directo al grano. Sacó una carpeta de la cartera y miró a Marie-Ange, que estaba sentada al otro lado de la mesa. De repente, ella tuvo la extraña sensación de que tenía que reunir sus fuerzas y prepararse para lo que él iba a decirle.

—Tenía razón al preocuparse por las facturas —le dijo sin preámbulos—. Hay otros seiscientos mil dólares de cuentas impagadas, gastados, en su mayor parte, en cuadros y ropa.

—¿Ropa para quién? —preguntó, con aire desconcertado e inquieto, mientras pensaba de nuevo en el anillo, pero el investigador acalló aquellos temores al instante.

—Para él. Tiene un sastre muy caro en Londres y facturas pendientes por valor de cien mil dólares en Hermès. El resto son objetos de arte, antigüedades, supongo que para sus casas. El anillo de rubíes fue comprado por una mujer llamada Louise de Beauchamp. En realidad, la cuenta fue a parar a su marido por error —dijo sencillamente.

Marie-Ange le sonrió, llena de felicidad. Las facturas se acabarían pagando y los objetos de arte se podían vender, si era necesario, pero una amante habría sido algo totalmente diferente y a Marie-Ange se le hubiera roto el corazón. Ni siquiera le importaba lo que el investigador todavía tenía que decirle; ya había absuelto a Bernard y ahora se sentía avergonzada de sus sospechas.

—Cuando encontré a Louise de Beauchamp, descubrí algo interesante —siguió el investigador, pese a la amplia sonrisa de Marie-Ange y a su súbita falta de interés—; su marido se casó con ella hace siete años. Supongo que usted no lo sabía o me lo habría dicho.

—Eso es imposible —dijo Marie-Ange, mirándolo con una expresión de extrañeza—. Su esposa y su hijo murieron en un incendio hace doce años, cuando su hijo tenía cuatro. Esa mujer debe de estar mintiendo.

Quizá podía tratarse de un matrimonio corto, del que nunca le había hablado, pero era muy raro que Bernard le hubiera mentido, o eso pensaba.

—Eso no es del todo exacto —continuó el investigador, casi sintiendo lástima de ella—. El hijo de Louise de Beauchamp murió en aquel incendio, pero fue hace cinco años. El niño no era hijo de su marido, sino fruto de un matrimonio anterior. Ella sobrevivió. Solo por casualidad compró aquel anillo y lo cargaron por error a la cuenta de su marido. Me mostró documentos que probaban su matrimonio con él y recortes de periódico que hablaban del incendio. Su marido cobró el seguro del *château* que se incendió. Lo habían comprado con fondos de ella, pero estaba a nombre de él. Creo que usó ese capital para comprar esta propiedad, pero no tenía dinero para restaurarla hasta que usted apareció —le dijo sin rodeos a Marie-Ange—. Además, no ha tenido ningún empleo desde que él y Louise se casaron.

—¿Sabe él que está viva? —preguntó con cara de estar totalmente confusa.

Ni siquiera se le ocurría que Bernard le había mentido y que lo había hecho durante dos años. En algún lugar, de alguna manera, tenía que haber un enorme malentendido. Bernard nunca le mentiría.

—Supongo que sí que sabe que está viva. Se divorciaron.

—No puede ser. Nos casamos por la Iglesia católica.

—Quizá sobornó al sacerdote —dijo el investigador llanamente. Se hacía menos ilusiones que Marie-Ange—. Fui a hablar con madame de Beauchamp yo mismo, y a ella le gustaría hablar con usted, si usted quiere. Me pidió que le advirtiera que, si decidía hacerlo, no se lo dijera a su marido. —Le dio el número de teléfono de

Louise en París y ella vio que era una dirección de la avenida Foch, un lugar excelente—. Resultó con quemaduras muy graves en el incendio y tiene cicatrices. Me han dicho que vive más o menos como una reclusa.

Marie-Ange pensaba que lo extraño era que ninguno de los amigos de Bernard le hubiera hablado nunca de ella ni del hijo que había perdido.

—Tengo la sensación de que ella no ha superado la pérdida de su hijo —añadió el investigador.

—Mi marido tampoco —dijo Marie-Ange con los ojos inundados de lágrimas.

Ahora que tenía hijos, la idea de perderlos le parecía la más horrible pesadilla y sintió compasión por aquella mujer, quienquiera que fuese y cualesquiera que fuesen los lazos que la unían a Bernard. Seguía sin creerse su historia y quería llegar al fondo de aquel asunto. Alguien mentía y seguro que no era Bernard.

—Creo que debería ir a verla, condesa. Tiene mucho que contar sobre su marido y puede que haya cosas que usted debería saber.

—¿Como cuáles? —preguntó ella, cada vez más inquieta.

—Dice que él inició el fuego que mató al niño.

No le contó que Louise de Beauchamp pensaba que Bernard había tratado de matarla también a ella. Era mejor que se lo dijera ella misma, por si le servía de algo. Sin embargo, el investigador había quedado impresionado por lo que le había contado.

—Afirmar eso es una cosa horrible —dijo Marie-Ange con expresión ultrajada—. Quizá piense que tiene que culpar a alguien. Tal vez no puede aceptar el hecho de que fue un accidente y que su hijo murió.

Sin embargo, eso seguía sin explicar que estuviese

viva y que Bernard nunca le hubiese contado que el niño no era, en realidad, hijo suyo ni que estaba divorciado de aquella mujer. De repente, la cabeza empezó a darle vueltas, repleta de dudas y preguntas y no sabía si agradecer o lamentar que el investigador hubiera encontrado a Louise de Beauchamp. Por extraño que pareciera, se sentía aliviada de que no fuera su amante, aunque no podía ser ningún consuelo que creyera que él había matado a su hijo. ¿Por qué su historia era tan diferente de la de Bernard? Ni siquiera estaba segura de querer ir a verla y abrir aquella caja de Pandora. Cuando el investigador se marchó, Marie-Ange fue a dar un largo paseo por los huertos y pensó en Louise de Beauchamp y en su hijo.

La cabeza seguía dándole vueltas cuando volvió a la casa para alimentar al bebé y, una vez que lo dejó en la cuna, saciado y feliz, se quedó allí, de pie, mirando fijamente el teléfono. Se había metido en el bolsillo el papel con el número de teléfono que el investigador le había dado para que Bernard no lo encontrara y ahora lo sacó lentamente. Pensó en llamar a Billy y hablarle de todo aquello, pero también esa era una idea perturbadora. En realidad, seguía sin saber la verdad y no quería acusar a Bernard injustamente. Sin embargo, sabía que, cualquiera que fuera esa verdad, tenía que saberla y, con mano temblorosa, cogió el teléfono para llamar a Louise de Beauchamp.

Una voz de mujer, profunda y educada contestó al segundo timbrazo. Marie-Ange preguntó por madame de Beauchamp.

—Al habla —dijo una voz tranquila que no reconocía a quien la llamaba.

Marie-Ange vaciló apenas un segundo. Era como mirar dentro del espejo y temer lo que se iba a encontrar allí.

—Soy Marie-Ange de Beauchamp —dijo casi susurrando. Al otro lado se oyó un sonido, como un suspiro de reconocimiento y alivio.

—Me preguntaba si me llamaría. No creí que lo hiciera —dijo con franqueza—. No estoy segura de si, en su lugar, yo lo habría hecho, pero me alegro. Hay algunas cosas que creo que tendría que saber. —Ya sabía por el investigador que Bernard nunca le había hablado de ella a su joven esposa y, en opinión de Louise, eso, en sí mismo, era ya una condena adicional contra él—. ¿Querría venir a verme? Yo no salgo —dijo en voz baja.

El investigador le había hablado a Marie-Ange de las cicatrices que tenía en la cara. Le habían hecho cirugía plástica, pero las quemaduras eran muy profundas y no era mucho lo que los cirujanos habían podido reparar. El investigador le había contado que se había hecho las quemaduras cuando trataba de salvar a su hijo.

—Iré a París a verla —dijo Marie-Ange con una horrible sensación de náuseas en la boca del estómago, muerta de miedo por lo que iban a contarle.

Su instinto le decía que su fe en su marido corría peligro y una parte de ella quería correr a esconderse y hacer cualquier cosa menos encontrarse con Louise de Beauchamp. Pero sabía que tenía que hacerlo. No había más remedio. De lo contrario, siempre albergaría dudas y sentía que tenía que librarse de ellas; se lo debía a Bernard.

—¿Cuándo le va bien que vaya?

—¿Mañana es demasiado pronto para usted? —preguntó Louise amablemente. No quería hacerle ningún daño. Lo único que quería era salvarle la vida. Por todo lo que el investigador le había contado, creía que Marie-

Ange corría peligro y quizá también sus hijos—. ¿O pasado mañana?

Marie-Ange respondió con un suspiro.

—Puedo ir mañana en coche y reunirme con usted a última hora de la tarde.

—¿Las cinco es demasiado temprano?

—No, puedo llegar. ¿Le molesta que lleve al pequeño? Le doy el pecho y no puedo dejarlo en Marmouton.

—Dejaría a Heloise con la niñera.

—Me encantará verlo —dijo Louise amablemente.

A Marie-Ange le pareció oír que le temblaba la voz.

—Entonces hasta mañana a las cinco —prometió, deseando no sentir que tenía que ir.

Pero no le quedaba otra alternativa. Había dado los primeros pasos por aquel camino largo y solitario y solamente rogaba que pudiera volver sin daño, con su fe en Bernard recuperada.

Cuando colgó el teléfono, en París, Louise miró con tristeza la fotografía de su hijo, que le sonreía. Habían pasado muchas cosas desde entonces.

10

El viaje de Marmouton a París le pareció interminable. Llevaba al pequeño en su silla y tuvo que detenerse una vez para amamantarlo. Era un día borrascoso y frío. A las cuatro y media llegó a París. Había mucho tráfico y llegó a la dirección de la avenida Foch solo cinco minutos antes de la hora acordada para reunirse con Louise de Beauchamp. Marie-Ange no sabía nada de la ex esposa de Bernard; no había visto ninguna foto suya ni del niño y ahora se daba cuenta que era extraño, aunque, quizá, Bernard había querido dejar atrás los recuerdos de su vida pasada al casarse con ella. Lo que le resultaba más difícil de entender era por qué no estaba muerta, como él le había dicho.

No tenía ni idea de qué esperar cuando la puerta se abriera. Se sobresaltó al verla. Era una mujer de aspecto joven, alta y elegante, al final de la treintena. El pelo rubio le caía hasta los hombros y cuando se movía, le ensombrecía una parte de la cara. Pero cuando abrió la puerta del todo, Marie-Ange vio claramente qué le había pasado. En un lado de la cara, los rasgos eran delicados y exquisitos; en el otro, parecía como si se hubieran fundido y las operaciones de cirugía y los injertos de piel habían dejado unas feas cicatrices. Los intentos de reparar las quemaduras no habían tenido éxito.

—Gracias por venir, condesa —dijo con aire aristocrático pero vulnerable, mientras volvía la parte dañada de la cara hacia otro lado.

Llevó a Marie-Ange a una sala de estar llena de antigüedades de un valor incalculable. Se sentaron en silencio en dos butacas Luis XV. Marie-Ange sostenía al pequeño, que dormía apaciblemente en sus brazos.

Louise de Beauchamp sonrió al verlo, pero era evidente para Marie-Ange que tenía los ojos llenos de pesar.

—No veo niños con mucha frecuencia —dijo con sencillez—. En realidad no veo a nadie.

Le ofreció algo de beber, pero Marie-Ange no quería nada de ella. Lo único que deseaba era oír lo que tuviera que decirle.

—Sé que esto debe de resultarle difícil —dijo Louise claramente, y pareció que recuperaba la compostura y la fuerza al mirar a la joven a los ojos—. No me conoce. No tiene razón alguna para creerme, pero espero que, por su propio bien y por el bien de sus hijos, me escuche y esté alerta de ahora en adelante.

Respiró profundamente y luego prosiguió, volviendo de nuevo hacia otro lado la parte dañada de la cara. Marie-Ange la observaba con ojos preocupados. No parecía estar loca y, aunque la rodeaba un aire de tristeza, no parecía amargada ni desquiciada. Al contarle su historia, lo hizo con una calma aterradora.

—Nos conocimos en una fiesta en Saint-Tropez y creo que Bernard ya sabía perfectamente quién era yo. Mi padre era muy conocido, tenía enormes propiedades en tierras por toda Europa y participaba en el comercio del petróleo en Bahrein. Bernard estaba enterado de todo lo relativo a mí y también de que mi padre acababa de morir. Mi madre murió cuando yo era niña. No tenía ningún pariente; estaba sola y era joven, aunque no tan joven como usted. Me cortejó apasionada y frenéticamente y me dijo que lo único que quería era casarse conmigo y tener un hijo. Yo ya tenía un niño de un matrimonio anterior. El pequeño Charles tenía dos años cuando conocí a Bernard y sintió una inmediata adoración por él. Bernard era maravilloso con mi hijo y pensé que sería el marido y el padre perfecto. Mi anterior matrimonio había acabado mal y mi ex marido no veía nunca al niño. Pensé que Charles necesitaba un padre y, además, estaba muy enamorada de Bernard. Tan enamorada que lo incluí en mi testamento. Pensé que era lo mínimo que podía hacer por él; además no tenía intención de morir hasta dentro de mucho tiempo. Pero fui lo bastante insensata como para decirle lo que había hecho. Teníamos una casa en el campo, un *château* en la Dordoña que mi padre me había dejado en herencia, y pasábamos mucho tiempo allí. Bernard acumuló una escandalosa cantidad de deudas, pero eso es otra historia. Me habría arruinado, si lo hubiera dejado, pero por suerte, los abogados de mi padre ejercían cierto control. Debido a la presión de ellos, acabé diciéndole que no pagaría más cuentas suyas. Tendría que hacerse responsable de sí mismo. Se puso furioso. Más tarde, descubrí que debía varios millones de dólares y, a fin de ahorrarnos el escándalo, a los dos, liquidé las deudas, sin decir nada. Aquel verano estábamos en la Dordoña. —Se detuvo un momento luchando por recobrar la compostura y Marie-Ange se preparó para lo que iba a venir—. Charles estaba con nosotros... —Se le fue apagando la voz, hasta casi hacerse inaudible y luego continuó—: Tenía cuatro años; era rubio y muy guapo.

Seguía adorando a Bernard, aunque, para entonces, yo estaba algo menos hechizada y bastante asustada por sus deudas. —Marie-Ange sintonizó inmediatamente con aquel sentimiento y, mientras escuchaba lo que la otra mujer le decía sobre su hijo, se sintió llena de compasión por ella—. Una noche estalló un incendio, un incendio terrible, que devoró la mitad de la casa antes de que lo descubriéramos. Corrí a buscar a mi hijo, que estaba en su habitación, en el piso de arriba, completamente solo, porque el ama de llaves había salido. Y cuando llegué allí, encontré a Bernard... —Su voz era apenas un gemido— cerrando con llave la puerta de Charles por fuera. Luché contra él, que tenía la llave en la mano, para tratar de abrir la puerta. Le golpeé y se la quité y fui a buscar al niño yo misma, pero cuando lo saqué de la cama, descubrí que no podía volver a salir. Bernard había bloqueado la puerta con algo, un mueble, una silla, algo. No podía salir.

—Oh, Dios mío —dijo Marie-Ange, con las lágrimas cayéndole por las mejillas, mientras estrechaba a Robert con más fuerza contra su corazón—. ¿Cómo consiguió salir?

—Llegaron los bomberos y desplegaron una red debajo de la ventana. Yo tenía miedo de dejar caer a Charles y lo sujetaba entre mis brazos. Me quedé allí mucho rato, con miedo a saltar. —Lloraba cada vez más, según los recuerdos iban inundándola, pero estaba decidida a contárselo todo a Marie-Ange, por doloroso que le resultara—. Esperé demasiado —dijo, ahogada en llanto—. Mi hijo sucumbió al humo y murió entre mis brazos. Todavía lo abrazaba cuando salté. Trataron de reanimarlo, pero era demasiado tarde. Y sacaron a Bernard del primer piso, totalmente histérico, asegurando que había tratado de rescatarnos todo el tiempo, lo cual era mentira. Le conté a la policía lo que había hecho y, por supuesto, lo comprobaron, pero no había nada bloqueando la puerta del dormitorio de mi hijo. Cualquier cosa que hubiera puesto allí, lo había quitado cuando yo salté por la ventana y antes de salir él mismo. Le dijo a la policía que yo no podía aceptar la mano del destino en la muerte de mi hijo y que tenía que culpar a alguien para exonerarme a mí misma. No dejó de sollozar ni un momento durante las pesquisas judiciales y lo creyeron. Dijo que yo estaba desequilibrada y que sentía un apego inusual y antinatural hacia mi hijo. Y creyeron todo lo que dijo. No había prueba alguna que respaldara mi historia, pero si nos hubiera matado, habría heredado todo lo que mi padre había dejado y habría sido un hombre muy, muy rico. Más tarde los bomberos descubrieron que el fuego había empezado en el desván y que la causa había sido la electricidad; uno de los cables que recorría la estancia estaba muy deshilachado. Estoy convencida de que lo hizo Bernard, pero no puedo demostrarlo. Lo único que sé es lo que le vi hacer aquella noche: estaba cerrando con llave la puerta de Charles cuando yo llegué y la bloqueó para que no pudiéramos salir. Lo único que sé, condesa, es lo que sucedió, lo que yo vi, y sé también que mi hijo está muerto.

Sus ojos atravesaban a Marie-Ange; habría sido más fácil y menos doloroso creer que estaba loca, que quería culpar a alguien, como Bernard había dicho en el juicio, pero había algo en su historia y en la forma en que la contaba que la hacía estremecerse de horror. Y aunque no quería creer aquello de él, si era cierto, Bernard era un asesino y un monstruo, tan seguro como si él hubiera matado al niño con sus propias manos.

—No conozco su situación —prosiguió Louise mirando a la joven con su hijo en brazos, que parecía muy perturbada por lo que acababa de oír—, pero creo que tiene un montón de dinero y nadie que la proteja. Es usted muy joven, quizá tiene buenos abogados y tal vez ha sido más sensata que yo y se ha protegido. Pero si le ha dejado dinero a él en su testamento o si no ha hecho testamento y él heredará si muere intestada, usted y sus hijos corren un grave riesgo. Y si él vuelve a estar peligrosamente endeudado, entonces ese riesgo es aún mayor. Si fuera usted mi hija o mi hermana —dijo y los ojos se le llenaron de lágrimas—, le suplicaría que cogiera a sus hijos y huyera sin perder un momento; le va la vida en ello.

—No puedo hacerlo —dijo Marie-Ange con voz ahogada, mirándola, deseando creerla loca pero incapaz de hacerlo. Estaba angustiada por todo lo que acababa de oír—. Lo quiero y es el padre de mis hijos. Sin duda tiene deudas pero yo puedo pagarlas. No tiene ninguna razón para matarnos ni hacernos daño. Puede tener todo lo que quiera.

Quería creer que la historia que acababa de oír era mentira, pero no era fácil.

—Todos los pozos tienen fondo —dijo Louise con sencillez—, y si el suyo se seca un día, él la abandonará, pero antes de hacerlo, cogerá todo lo que pueda. Y si hay algo más que solamente puede conseguir si usted muere, encontrará un medio de hacerse también con eso. Es un hombre malvado y codicioso. —Era peor que eso; a sus ojos, era un asesino—. Fue al funeral de Charles y lloró más que todos los presentes, pero no me engañó. Sé que él mató a mi hijo con la misma certeza que si lo hubiera visto hacerlo con sus propias manos. Nunca podré demostrarlo, pero usted tiene que hacer todo lo que pueda para proteger a sus hijos. Bernard de Beauchamp es un hombre muy peligroso.

Se produjo un largo y angustioso silencio en la habitación mientras las dos mujeres se miraban durante mucho rato. A Marie-Ange le costaba mucho creer que su marido fuera tan malvado como decía Louise y, sin embargo, creía su historia. Quizá solo había imaginado que la puerta estaba bloqueada, pero no había forma de explicar por qué él había tratado de cerrarla con llave desde fuera. Tal vez, intentaba proteger al niño del humo y el fuego, pero incluso eso resultaba difícil de creer. Puede que se dejara dominar por el pánico. Puede que fuera tan malvado como Louise decía. Marie-Ange no sabía qué pensar ni qué decir. Le costaba respirar debido al horror y el pesar que sentía.

—Siento lo que sucedió. —No había ninguna manera de consolarla por todo lo que había perdido. Marie-Ange la miró con tristeza y le contó lo que Bernard le había dicho sobre ella—. Me dijo que usted había muerto junto con su hijo. Hace diez años. —La verdad es que solo habían pasado cinco años, tres desde el divorcio—. Y me dijo que Charles era hijo suyo.

Louise sonrió al oír aquello.

—Le gustaría que estuviera muerta. Tiene mucha suerte. No salgo y solo veo a unos pocos amigos. Después de las pesquisas, no vi a nadie durante mucho tiempo. A todos los efectos prácticos, para él es como si estuviera muerta. No tiene sentido tratar de convencer a la gente de mi historia. Yo sé lo que pasó. Y también lo sabe él, a pesar de lo que diga. Tenga cuidado —advirtió de nuevo a Marie-Ange mientras se levantaba. Parecía exhausta y todavía tenía los ojos llenos de lágrimas—. Si alguna vez le pasa algo a usted o a sus hijos, testificaré contra él. Eso quizá no signifique nada para usted, pero puede que un día lo haga. Deseo que nunca me necesite por ese motivo.

—Yo también —respondió Marie-Ange mientras se dirigían hacia la puerta y el bebé empezaba a despertarse.

—Desconfíe de él —dijo Louise en tono sombrío mientras se estrechaban la mano.

—Gracias por recibirme —dijo Marie-Ange educadamente.

Un momento después, bajaba las escaleras y se daba cuenta de que le temblaban las piernas y estaba llorando por Louise, por su hijo y por ella misma. Le habría gustado llamar a Billy y contarle lo que Louise le había dicho, pero no había nada que él pudiera hacer. Lo único que deseaba era huir y pensar.

Eran casi las siete cuando dejó a Louise, demasiado tarde para volver a Marmouton. Decidió pasar la noche en el apartamento de París, aunque sabía que Bernard estaría allí. Casi tenía miedo de verlo y lo único que esperaba era que no notara nada diferente en ella. Sabía que tenía que ser cauta con lo que dijera. Cuando llegó al apartamento, Bernard acababa de regresar de una reunión con el arquitecto en la calle Varennes.

La casa estaba casi lista y decían que estaría terminada a primeros de año. Él pareció sorprendido y feliz al verla y besó al pequeño, y en lo único que Marie-Ange podía pensar mientras lo miraba era en el niño que había muerto en el incendio y en la mujer con la cara destrozada.

—¿Qué estás haciendo en París, amor mío? ¡Qué sorpresa tan maravillosa!

Parecía sinceramente encantado de verla y de repente Marie-Ange se sintió culpable por creer lo que le había contado Louise. ¿Y si estaba loca? ¿Y si nada de todo aquello era cierto, que el dolor le había hecho perder la razón y era verdad que necesitaba alguien a quien culpar? ¿Y si era ella quien había matado a su hijo? Se estremeció solo de pensarlo, y cuando Bernard la rodeó con sus brazos, sintió que el pesar y el amor por él la invadían de nuevo. No quería creerlo, no quería que él fuera tan malvado como Louise había dicho. Quizá le había dicho que Louise había muerto porque no quería contarle el horror de la investigación o las acusaciones de Louise en contra de él. Tal vez tenía alguna razón para mentirle, aunque solo fuera el miedo a perderla o a hacerle daño, por muy equivocado que estuviera. Después de todo era humano.

—¿Por qué no salimos por ahí a cenar? Podemos llevarnos al pequeño si cenamos en un *bistrot*. Por cierto, todavía no me has dicho por qué estás aquí —dijo mirándola con un aire inocente.

Se sentía partida en dos. Una mitad lo adoraba y la otra estaba llena de miedo.

—Te echaba en falta —dijo sencillamente.

Él sonrió y la besó de nuevo. Era tan cariñoso y amable, y se mostraba tan tierno al sostener al pequeño en sus brazos que, de repente, empezó a dudar de todo lo que Louise de Beauchamp le había contado. Lo único que seguía sonando a verdad era su tendencia a acumular deudas. Pero seguro que eso no era algo funesto y, si ella tenía cuidado, puede que con el tiempo él aprendiera a controlarse. Puede que le hubiera mentido por miedo. Se convenció de ello cuando salieron a cenar y él la hizo reír mientras sostenía al bebé y le contaba algunos chismorreos divertidos de los que se había enterado por un amigo.

Fue tan tierno y cariñoso con ella que, cuando se acostaron, con Robert en el capazo a su lado, estaba segura de que Louise de Beauchamp le había mentido, tal vez para vengarse de él por haberla dejado. Se dijo que quizá estaba celosa de ella. No le habló a Bernard de su entrevista. Sentía lástima por la mujer que había conocido, pero ya no la suficiente para creerla. Marie-Ange había vivido dos años con Bernard y tenía dos hijos suyos. No era un hombre capaz de asesinar a mujeres y niños. No era capaz de hacerle daño a nadie. Mientras se iba quedando dormida entre sus brazos, llegó a la conclusión de que su único pecado, si es que podía llamársele pecado, era que se endeudaba. Y le resultaba fácil perdonarle la mentira de que era viudo. Puede que, como miembro de la nobleza y católico, le pareciera una falta demasiado grande admitir que estaba divorciado. Cualesquiera que fueran sus razones, Marie-Ange lo amaba a pesar de todo y no creía, ni por un instante, que hubiera matado al hijo de Louise.

11

Cuando volvieron a Marmouton, Marie-Ange se sentía tan culpable, después de su entrevista con Louise de Beauchamp, que fue doblemente generosa con Bernard al descubrir que sus deudas habían aumentado. No le había dicho nada, pero resultó que había olvidado pagar el alquiler de la casa de verano y del yate que iba con ella y fue Marie-Ange quien tuvo que pagarlo. Pero en aquel momento le parecía un pequeño defecto.

La casa de la calle Varennes estaba casi terminada y, aunque había un enorme fajo de cuentas por pagar, finalmente había tomado la decisión de pedir algún dinero prestado contra su fondo para saldarlas. Las inversiones de Bernard, que llevaban dos años prometiendo «madurar» para que él pudiera liquidarlas, no habían llegado a hacerlo y hacía ya mucho tiempo que había dejado de preguntarle por ellas. No tenía sentido hacerlo. Ni siquiera estaba ya segura de que existieran. Quizá había perdido el dinero o tenía menos de lo que decía. Ya no le importaba. No quería avergonzarlo. Además, tenían el fondo para vivir. Tenían dos casas magníficas y dos hijos sanos. Y aunque pensaba en Louise de Beauchamp de vez en cuando, la apartaba de su cabeza y no le había dicho nada a él de aquella entrevista. Estaba segura de que la mujer lo había calumniado, acusándolo injustamente. Era demasiado horrible creer que pensaba de verdad que él había matado a su hijo. Pero Marie-Ange la perdonaba por lo que había dicho de su marido porque estaba segura de que, si ella hubiera perdido a uno de sus hijos, también se habría vuelto completamente loca. Bernard y sus pequeños eran toda su vida. Estaba claro que Louise de Beauchamp estaba desquiciada por el dolor.

Cuando Bernard habló de comprar un *palazzo* en Venecia o una casa en Londres, le regañó como si fuera un niño pequeño que quisiera más caramelos y le dijo que ya tenían suficientes casas. Incluso habló de ir a Italia para echar una ojeada a un yate. Tenía un apetito insaciable de casas y artículos de lujo, pero Marie-Ange estaba decidida a vigilarlo de cerca y controlar su despilfarro.

Cuando Robert tenía tres meses, Bernard ya hablaba de tener otro hijo. La idea atraía a Marie-Ange, pero esta vez quería esperar unos cuantos meses más, aunque ya había recuperado su figura y estaba más bonita que nunca. Sin embargo, quería disponer de unos meses para pasar más tiempo con su marido. Estaban hablando de hacer un viaje a África en invierno y a Marie-Ange le pareció que sería divertido. Justo antes de Navidad, planeaban dar una gran fiesta en Marmouton y otra aún mayor a principios de año, cuando ocuparan la casa de la calle Varennes.

Marie-Ange estaba muy atareada con sus hijos. Llamó a Billy unas semanas antes de Navidad para preguntarle por sus preparativos de boda. Quería volver a Iowa para verlo, pero quedaba muy lejos y nunca encontraba tiempo. Él bromeó con ella preguntándole si ya estaba embarazada de nuevo. Pero en un momento tranquilo, al final de la conversación, le preguntó si estaba bien.

—Sí, muy bien. ¿Por qué me lo preguntas?

Él siempre había tenido un sexto sentido respecto a ella, pero Marie-Ange insistió en que estaba bien. No le contó nada de su reunión con Louise de Beauchamp, por lealtad hacia Bernard. Sabía que habría resultado difícil de explicar, especialmente a Billy, que siempre había desconfiado de su marido.

—Me preocupo por ti, eso es todo. No olvides que no conozco a tu marido. ¿Cómo puedo saber si realmente es un tipo tan estupendo?

—Confía en mí. —Marie-Ange sonrió al recordarlo, pelirrojo y lleno de pecas—. De verdad que es un tipo estupendo.

La entristecía pensar que hacía mucho tiempo que no veía a Billy. Sin embargo, él se alegraba de que estuviera en Marmouton con su propia familia. Le parecía que era de justicia.

—¿Has recibido alguna noticia de tu tía?

Carole ya había cumplido los ochenta y Marie-Ange sabía que no estaba bien desde hacía un tiempo. Le había enviado una felicitación de Navidad con una foto de Heloise y Robert, pero no creía que le importara mucho. Su tía le mandaba una vez al año, por Navidad, una nota corta y escueta. Lo único que le decía era que esperaba que ella y su esposo estuvieran bien. Nunca decía nada más.

—¿Vas a venir a mi boda en junio? —preguntó Billy.

—Lo intentaré.

—Mi madre dice que tienes que traer a los niños.

Era un viaje muy largo y, si Bernard se salía con la suya, para entonces volvería a estar embarazada aunque igualmente podría viajar. Sin embargo, Iowa parecía estar en otra parte del mundo.

Charlaron un rato más, hasta que Bernard volvió a casa y ella colgó el teléfono y fue a darle un beso de bienvenida.

—¿Con quién hablabas?

Siempre se mostraba curioso por lo que hacía, a quién veía, con quién hablaba; le gustaba ser parte de su vida, aunque a veces se mostraba bastante más discreto con la suya.

—Con Billy, en Iowa. Sigue queriendo que vayamos a su boda en junio.

—Eso está muy lejos —dijo Bernard sonriendo.

Para él Estados Unidos significaba Los Ángeles o Nueva York. Había estado en Palm Beach un par de veces, pero una granja en Iowa no era de su estilo, definitivamente.

Acababa de comprarse un conjunto de maletas marrones de piel de cocodrilo y Marie-Ange no se lo imaginaba llegando a la granja de los Parker con aquellas maletas en la parte de atrás de la camioneta. Sin embargo, a ella le habría gustado volver y seguía prometiéndose que algún día lo haría. Había tratado de convencer a Billy de que fuera a Marmouton para el viaje de luna de miel y luego a París; incluso le había invitado a alojarse en su nueva casa, pero él se había echado a reír ante aquella sugerencia. Debbi y él habían decidido que una semana en el Gran Cañón era demasiado cara; incluso un fin de semana en Chicago suponía un despilfarro para ellos. Francia era otra vida completamente diferente; solo un sueño. Invertían cada centavo que tenían en la granja.

—¿Qué has hecho hoy, mi amor? —le preguntó Bernard mientras cenaban.

Acababan de contratar a una cocinera de la ciudad y

era agradable tener aquel tiempo extra para los niños, pero Marie-Ange añoraba cocinar para él.

—Poca cosa. He preparado algunas cosas para la fiesta de Navidad y he hecho algunas compras. He jugado con los niños. —Heloise volvía a estar resfriada—. ¿Y tú?

Él le sonrió misteriosamente.

—En realidad —dijo, como esperando que sonaran los tambores para acompañar su anuncio—, he comprado un pozo de petróleo —dijo con aspecto complacido mientras Marie-Ange fruncía el ceño.

—¿Qué dices que has hecho? —Confiaba en que le estuviera tomando el pelo, pero él parecía terriblemente sincero.

—He comprado un pozo de petróleo. En Texas. Llevaba bastante tiempo hablando con una gente que vendía acciones de la explotación. Va a producir una fortuna cuando empiece a funcionar. Han tenido una suerte fabulosa anteriormente en Oklahoma —le dijo con una sonrisa radiante.

—¿Cómo lo has comprado? —preguntó notando cómo el pánico le apretaba la garganta.

—Con un pagaré. Los conozco muy bien.

—¿Por cuánto? —Estaba nerviosa y él parecía divertido—. ¿A cuánto asciende tu parte?

—Ha sido una ganga. Me dejan que pague la mitad ahora, con el pagaré, claro, por ochocientos mil dólares. No tengo que pagar la otra mitad hasta el año que viene.

Ella supo que nunca lo haría. Tendría que responsabilizarse ella y deberían tomar más dinero prestado del fondo. Dos años antes, diez millones de dólares le habían parecido una enorme fortuna y ahora estaba siempre temerosa de que acabaran en la ruina. En manos de

Bernard, diez millones de dólares se desvanecían como el polvo.

—Bernard, no podemos permitírnoslo. Acabamos de pagar la casa.

—Cariño —dijo riéndose de su ingenuidad mientras se inclinaba para besarla—, eres una mujer rica, muy, muy rica. Tienes dinero suficiente para que te dure para siempre y vamos a hacer una fortuna con esto. Confía en mí. Conozco a estos hombres. Lo han hecho antes.

—¿Cuándo tienes que cubrir el pagaré?

—Antes de final de año —dijo alegremente.

—Eso es dentro de dos semanas —exclamó casi sin poder hablar.

—Créeme, si pudiera, lo cubriría yo mismo. Tus consejeros del banco van a darme las gracias por hacerte este favor —dijo sin parpadear.

Marie-Ange permaneció despierta, pensando en aquello, toda la noche.

Por la mañana, cuando llamó al banco y habló con sus consejeros, estos no se mostraron en modo alguno de humor para darle las gracias a Bernard. Por el bien de Marie-Ange, se negaron a que tomara prestado dinero del fondo para cubrir el pagaré. Se negaron rotundamente.

Al día siguiente, durante el almuerzo, Marie-Ange no tuvo más remedio que decírselo a Bernard y este se puso hecho una furia.

—¡Pero cómo diablos pueden ser tan estúpidos! Y ahora ¿qué esperas que haga? He dado mi palabra; mi honor está en juego. Pensarán que soy una especie de mentiroso, hasta puede que me demanden. Firmé los documentos hace dos días y tú lo sabías, Marie-Ange. Tienes que decirle al banco que deben pagar.

—Ya se lo he dicho —dijo ella en tono grave—. Tal vez debimos preguntárselo antes de que firmaras.

—Por todos los santos, no eres una mendiga. Los llamaré yo mismo mañana —dijo dando a entender que ella no había sabido hacerlo.

Pero cuando llamó al banco, fueron incluso más tajantes con él y le dijeron, de forma que no dejaba lugar a dudas, que los fideicomisarios no le permitirían tomar más dinero prestado con cargo al fondo de su esposa.

—Las puertas están cerradas —dijeron.

Cuando Bernard habló con Marie-Ange, estaba furioso con ella.

—¿Les dijiste tú que lo hicieran? —preguntó con desconfianza, acusándola de traicionarlo.

—Por supuesto que no, pero hemos gastado una fortuna en las dos casas.

Además él había gastado otro millón de dólares en obras de arte y en liquidar viejas dudas. Sus fideicomisarios le dijeron que la estaban protegiendo a ella y a lo que quedaba de su fortuna por su propio bien. Tenía que pensar en su futuro y en el de sus hijos. Y si ella no podía frenar a su marido, ellos estaban más que dispuestos a hacerlo por ella.

Bernard se comportó como un animal enjaulado durante varios días. Despotricaba y desbarraba contra ella y se comportaba como un niño enrabietado y malcriado, pero no había nada que Marie-Ange pudiera hacer. Tomaban las comidas sin decir palabra. Aquel fin de semana, al volver de un breve viaje a París, se sentó con Marie-Ange en su estudio y le dijo que, en vista de su manifiesta falta de confianza hacia el y de que el banco lo trataba como si fuera un gigoló, evidentemente siguiendo sus instrucciones, estaba pensando en dejarla. No iba a tolerar que lo ultrajaran de aquella manera ni a seguir con aquel matrimonio, cuando no confiaban en él y lo trataban como si fuera un niño.

—Lo más importante para mí han sido siempre tus intereses, Marie-Ange —dijo con aspecto dolido—. Dios mío, si dejé que te quedaras aquí cuando ni siquiera te conocía solo porque significaba tanto para ti. He gastado una fortuna restaurando el *château* porque es una reliquia de tu infancia perdida. Compré la casa de París porque pensé que te merecías una vida más interesante que si te quedabas aquí encerrada. No he hecho más que trabajar para ti y para nuestros hijos desde el mismo día en que nos conocimos. Y ahora descubro que no confías en mí. No puedo continuar viviendo así.

Marie-Ange se sintió horrorizada por lo que estaba oyendo y más aún ante la idea de perderlo. Tenía dos niños pequeños y quizá estaba embarazada de nuevo. La idea de que él la dejara y quedarse de nuevo sola en el mundo la llenaba de terror y la impulsaba a darle todo lo que tenía. Ni por un momento se le ocurrió pensar que aquella restauración tan cara de la que hablaba la había pagado ella ni que la «fortuna que él había gastado» era en realidad la suya. Ella había pagado la casa de París, después de que él la comprara sin ni siquiera consultarle, igual que se había comprometido a pagar un millón seiscientos mil dólares al firmar aquel pagaré, sin siquiera preguntárselo.

—Lo siento, Bernard... Lo siento... —dijo abatida—. No es culpa mía. El banco no quiere prestarme el dinero.

—No creo que lo hayas intentado siquiera. Y estoy seguro de que es culpa tuya —dijo con dureza—. Esa gente trabaja para ti, Marie-Ange. Solo tienes que decirles lo que quieres. A menos que quieras humillarme públicamente negándote a cubrir una deuda que he asumido por ti. Eres tú quien se beneficiará de esta inversión, tú y Robert y Heloise.

Él, que era tan abnegado y noble, la acusaba y ella sentía como si le hubiera clavado a su marido un puñal en el corazón. Y él le estaba destrozando el suyo.

—No son empleados míos, Bernard. Como tú sabes, son los responsables de mi fideicomiso. Ellos toman las decisiones, no yo.

Lo miraba y le imploraba con los ojos que la perdonara por lo que no podía darle.

—También sé que puedes demandarlos para conseguir lo que quieres, si es que quieres.

Mientras se lo explicaba, era la viva imagen de la virtud agraviada.

—¿Es eso lo que quieres que haga? —dijo ella con aire horrorizado.

—Si me quisieras, lo harías.

Lo había dejado bien claro. Sin embargo, al día siguiente, cuando Marie-Ange habló de nuevo con el banco, volvieron a negarse; cuando amenazó con llevarlos a los tribunales, le dijeron muy claramente que perdería. Les resultaría fácil señalar lo rápidamente que se había despilfarrado el dinero y le aseguraron que ningún juez en el mundo anularía el fideicomiso en esas condiciones y menos tratándose de una joven de su edad. Solo tenía veintitrés años y sabían lo codicioso que parecería Bernard y lo sospechoso que sería a los ojos del tribunal, pero eso no se lo dijeron.

Cuando Marie-Ange le repitió la conversación a Bernard, él le comunicó fríamente que ya le haría saber lo que decidiera, pero que estaba advertida. Ya la había amenazado con dejarla si no cubría la deuda. Y faltaban menos de dos semanas para que tuviera que pagar.

Marie-Ange seguía fuera de sí del disgusto cuando llegó la noche de su fiesta de Navidad. Bernard seguía sin hablarle. Pensaba que lo habían humillado, que recelaban de él y lo ultrajaban y se lo estaba haciendo pagar a ella con creces. Marie-Ange estaba muy nerviosa mientras recibía a sus invitados. Él tenía, como siempre, un aspecto elegante, digno y tranquilo. Vestía un esmoquin que se había hecho en Londres y unos zapatos de piel a medida. Siempre vestía con un gusto exquisito. Ella llevaba un traje de satén rojo que él le había comprado en Dior, pero no se sentía en absoluto con ánimo festivo. Le angustiaba pensar que la dejaría antes de acabar el año, cuando ella no pudiera cubrir su deuda. Él se mostraba dolido de que ella no comprendiera que todo lo hacía por su bien.

No le dijo ni una palabra mientras acompañaban a sus invitados al comedor para la cena y, más tarde, cuando empezó la música, bailó con todas las mujeres de la sala salvo con su esposa. Fue una noche muy dolorosa para Marie-Ange en todos los sentidos.

Casi todos los huéspedes se habían marchado ya cuando alguien, en la cocina, comentó que olía a humo. Alain Fournier, el guarda, estaba fregando los platos y ayudando a la empresa de *catering* a recogerlo todo y dijo que echaría una mirada para averiguar qué era. Al principio los encargados del *catering* insistían en que era el horno que estaban limpiando, luego alguien dijo que quizá eran las velas que había encendidas por toda la casa o los puros que habían fumado los invitados. Sin embargo, solo por si acaso, Alain fue al piso de arriba para echar una ojeada. Y en el segundo piso, encontró una vela que se había inclinado demasiado hacia los pesados cortinajes de damasco. Las borlas habían prendido rápidamente y todo un lado estaba ardiendo cuando él llegó.

Alain lo arrancó de la barra, lo tiró al suelo y lo pisó para apagarlo. Entonces se dio cuenta de que las llamas habían corrido por la tira de fleco de la parte superior hasta el otro lado, que ahora ardía. Empezó a dar voces, pero nadie lo oyó. Trató desesperadamente de apagar el fuego antes de que se extendiera más, pero sus gritos quedaron ahogados por la música del piso de abajo y, como si fuera una pesadilla, las llamas iban saltando de una cortina a la otra y, en lo que apenas parecieron unos instantes, todo el pasillo del segundo piso estuvo en llamas, que ahora corrían hacia las escaleras.

Sin saber qué otra cosa hacer, se lanzó escaleras abajo, a la cocina, y les dijo que trajeran cubos de agua y subieran a ayudar. Uno de los empleados corrió a llamar a los bomberos y luego al salón para avisar a los invitados que quedaban. En cuanto Marie-Ange lo oyó, corrió escaleras arriba y se dirigió al pasillo del segundo piso, donde Alain lanzaba agua contra las llamas. Para cuando llegaron, la tela de las paredes que iban del segundo al tercer piso había creado un túnel de llamas, pero ella sabía que tenía que atravesarlo porque sus hijos estaban durmiendo arriba. Cuando trató de pasar a través del fuego, unos fuertes brazos se lo impidieron. Los hombres que habían subido de la cocina para luchar contra el fuego sabían que se convertiría en una antorcha humana con aquel vaporoso vestido rojo porque las paredes estaban ardiendo.

—¡Soltadme! —exclamó, gritando y tratando de abrirse paso. Pero antes de que pudiera soltarse, vio cómo Bernard pasaba corriendo a su lado y ya estaba arriba cuando ella se libró de los hombres y corrió tras él, subiendo las escaleras tan rápidamente como pudo. Podía vislumbrar la puerta de la habitación de los niños justo delante de ellos, aunque el pasillo ya estaba lleno de humo. Vio cómo su marido cogía al pequeño en brazos y luego corría a la habitación donde dormía Heloise en su cuna. Heloise se despertó en cuanto oyó a sus padres y Marie-Ange se inclinó y la cogió. Para entonces podían oír cómo rugía el fuego y cómo gritaban abajo. Cuando Marie-Ange se volvió, vio que las escaleras que llevaban hasta allí estaban en llamas. Sabía que las ventanas del tercer piso eran diminutas. A menos que pudieran volver a bajar, a través del fuego, no tendrían escapatoria. Miró a Bernard, desesperada.

—Voy a buscar ayuda —dijo él con aspecto de ser presa del pánico—. Quédate aquí con los niños. Ya vienen los bomberos, Marie-Ange. Si no tienes más remedio, sube al tejado y espera allí.

Dejando a Robert en la cuna de Heloise, se lanzó escaleras abajo y Marie-Ange se quedó mirándolo aterrorizada. Bernard se detuvo solo un instante antes de bajar, frente a la puerta que llevaba al tejado. Marie-Ange vio cómo se deslizaba la llave en el bolsillo. Le gritó que le devolviera la llave, pero se volvió solo una vez más, al pie de las escaleras, y luego desapareció. Estaba segura de que iba a buscar ayuda, pero la había dejado allí sola en el tercer piso con sus hijos, en medio de un mar de fuego.

Bernard le había dicho que no quería que intentara pasar a través de las llamas de las escaleras, que corría menos peligro esperando allí arriba, pero mientras veía cómo las llamas se les acercaban cada vez más, supo que estaba equivocado. No le sirvió de mucho consuelo oír las sirenas que se acercaban. Los dos niños lloraban y el bebé jadeaba en medio del espeso humo que había empezado a asfixiarlos. En cualquier momento, esperaba ver llegar a los bomberos o a Bernard con una brigada con cubos de agua subiendo las escaleras para salvarlos. Ya no podía oír las voces de abajo; el rugir del fuego era demasiado fuerte. Un momento después, oyó un estruendo, y cuando miró, vio que había caído una de las vigas y que bloqueaba las escaleras. Seguía sin haber señales de que Bernard volviera a buscarlos. Marie-Ange sollozaba estrechando a sus hijos contra ella.

Los dejó en la cuna de Heloise un momento y corrió a ver si podía abrir la puerta que daba al tejado, pero estaba cerrada y Bernard se había llevado la llave. De repente empezó a resonar una voz en su cabeza y recordó una cara llena de cicatrices y lo que Louise de Beauchamp le había contado. En aquel instante comprendió que todo era verdad, era verdad que había tratado de encerrarlos en la habitación de su hijo. Y ahora la había dejado a ella allí, sin acceso al tejado ni medios para escapar del fuego y salvar a sus hijos.

—No pasa nada, pequeños. No pasa nada —dijo murmurando, desesperada, mientras corría de una pequeña ventana redonda a otra y, entonces, al mirar por una de ellas, lo vio de pie allí abajo, en el patio, sollozando histéricamente y agitando los brazos en dirección a ellos. Estaba describiendo algo a los que le rodeaban y moviendo la cabeza. Casi podía imaginar qué estaba diciendo; quizá que los había visto muertos o que no había podido llegar hasta ellos de ninguna manera, lo cual era verdad ahora, pero no cuando los había dejado y se había guardado la llave en el bolsillo.

Abrió todas las ventanas que pudo para que entrara aire fresco y luego corrió de una habitación a otra mientras caían ascuas y trozos de madera en llamas a su alrededor. De repente se acordó de un pequeño cuarto de baño que nunca usaban. Era la única habitación del tercer piso con una ventana un poco más grande y, cuando llegó a ella, vio que se podía abrir. Corrió a la habitación de Heloise, cogió a los dos niños y volvió al cuarto de baño y empezó a gritar desde la ventana abierta.

—¡Aquí arriba! ¡Estoy aquí arriba! ¡Tengo a los niños!

Gritó por encima del estruendo, sacando un brazo por la ventana y agitándolo. Al principio no la veía nadie, pero luego un bombero levantó la cabeza, la vio y fue corriendo a buscar una escalera. Mientras miraba a los hombres, allá abajo, vio que Bernard la observaba con una mirada que nunca le había visto antes. Era una mirada de pura envidia y odio y, en aquel momento, dejó de tener cualquier duda de que fuera él quien lo había hecho. Seguramente había prendido el fuego en el segundo piso, en un momento en que nadie lo observaba, lo bastante cerca de las escaleras que conducían al tercer piso para que devorara a sus hijos. Además sabía lo que Marie-Ange haría, que iría a buscarlos y quedaría atrapada con ellos. No se debía a ningún ataque de histeria el que la puerta del tejado estuviera cerrada y que él se hubiera llevado la llave. Quería matarlos. Y por lo que ella podía ver, había muchas probabilidades de que lo consiguiera. Los bomberos habían apoyado las escaleras en las paredes del *château* y habían visto que no llegaban lo bastante arriba como para alcanzarla. Mientras la miraba, Bernard empezó a sollozar histéricamente como Louise le había contado que hizo la noche en que murió su hijo.

Marie-Ange sintió que la recorría un escalofrío de terror. No sabía cómo iba a salvar a sus hijos. Y si morían, Bernard lo heredaría todo. Si sus hijos vivían y Marie-Ange no, tendría que compartir la propiedad con ellos. Su motivo para matarlos a todos era una idea tan horripilante y nauseabunda que Marie-Ange sintió como si le hubieran desgarrado el pecho y arrancado el corazón. Había intentado matarlos, no solo a ella, sino a sus propios hijos.

Mientras miraba hacia abajo y observaba cómo su marido lloraba, sostenía a los niños lo más cerca de la ventana que se atrevía, para que pudieran respirar. Había cerrado la puerta del diminuto cuarto de baño y el estruendo al otro lado era ensordecedor. No podía oír nada de lo que le gritaban desde abajo, pero tres de los bomberos sostenían una red y, al principio, no estaba claro lo que le decían. Miraba sus bocas con toda su atención, para leerles los labios y, finalmente, uno de los hombres levantó un único dedo. Uno, le estaba diciendo. Uno. De uno en uno. Sentó a Heloise, en el suelo, a sus pies, y la niña se le aferró al vestido, sollozando histéricamente. Besó la carita de Robert y lo sostuvo tan alejado de la pared como pudo. Abajo, los bomberos se apresuraron a sujetar la red con fuerza. Transcurrió un momento insoportable mientras lo soltaba y miraba cómo caía y rebotaba en la red como una pequeña pelota de goma y, finalmente, vio que uno de los bomberos lo cogía. Seguía moviéndose. Agitaba los brazos y las piernas cuando Bernard corrió hasta él y lo cogió entre sus brazos. Marie-Ange lo miró con odio.

Entonces hizo lo mismo con Heloise, mientras la niña chillaba, pataleaba y luchaba contra ella y Marie-Ange le gritaba que se estuviera quieta. Luego la besó y la soltó. Igual que su hermano, cayó en la red como una muñeca y los bomberos la cogieron y su padre la besó.

Ahora todos miraban hacia Marie-Ange y ella permanecía en la ventana con la mirada fija. Una cosa era dejarlos caer a ellos y otra saltar ella misma. Parecía haber una enorme distancia hasta abajo y la ventana era tan pequeña que sabía que no le resultaría fácil pasar. Pero al mirar a Bernard, allá abajo, en el patio, supo que si no saltaba, él tendría a los niños y solo Dios sabía qué les haría para robarles su parte de la herencia. Desde aquel día en adelante, nunca estarían seguros con él. Se subió al alféizar y se quedó sentada, inmóvil. Oyó una explosión abajo y vio cómo todas las ventanas del segundo piso salían disparadas a la oscuridad de la noche. Supo que solo era cuestión de tiempo que el suelo cediera bajo sus pies y se hundiera llevándosela con él.

—¡Salte! —gritaban los bomberos—. ¡Salte!

Pero allí sentada se sentía como congelada y ellos no podían ayudarla. No podían hacer nada por ella, salvo animarla a hacer ella misma lo que había hecho con sus hijos. Mientras permanecía allí, aferrada al marco de la ventana, vio la cara de Louise de Beauchamp en su mente y comprendió lo que había sentido aquella noche, cuando perdió a su hijo y supo que Bernard lo había matado, igual que si hubiera cogido una pistola y le hubiera disparado. Aunque solo fuera por eso, Marie-Ange tenía que saltar para salvar a sus hijos de él y para detenerlo. Pero era tan aterrador que no podía moverse. Estaba paralizada de terror mientras ellos la miraban.

Vio que Bernard le gritaba algo. Sus hijos se encontraba ya en otros brazos y todos los ojos estaban vueltos hacia ella. Sabiendo que nadie lo observaba, Bernard miró hacia arriba, un poco apartado de la multitud, y le sonrió. Sabía que estaba demasiado asustada para saltar. Cuando ella muriera se llevaría la parte del león de sus propiedades y podría hacer lo que quisiera cuando estuviera en sus manos. Había fracasado en su misión de matar a su anterior esposa y solo había logrado matar a su hijo, pero esta vez tendría más éxito. Y la próxima vez... Marie-Ange se preguntó, mientras lo miraba, a quién mataría la próxima vez. ¿A Heloise? ¿A Robert? ¿A los dos? ¿A cuántas personas más destruiría antes de que alguien lo detuviera? Igual que si estuviera allí, junto a ella, oyó que Louise le hablaba de Charles el día en que murió entre sus brazos en su casa de campo; era como si Louise le hablara ahora, diciéndole fuerte y claro: «¡Salte, Marie-Ange! ¡Ahora!».

Y al oír aquella voz en su cabeza, saltó por fin de la ventana y voló hacia abajo con la amplia falda roja extendiéndose como un paracaídas. Se quedó sin aire al aterrizar en la red que sostenían para ella. La primera cara que vio, mirándola a ella, fue la de Bernard, llorando y tendiéndole los brazos, pero se apartó de él. Lo había visto todo en sus ojos y lo había comprendido todo. Era verdaderamente el monstruo que Louise había dicho; un hombre dispuesto a matar al hijo de su esposa, a los suyos propios y a dos mujeres. Marie-Ange lo miró y habló con voz clara.

—Ha tratado de matarnos —dijo con calma, asombrada ante el sonido de su propia voz y las palabras que pronunciaba—. Se llevó la llave de la puerta del tejado, después de cerrarla, para que no pudiéramos salir. Nos dejó allí para que muriéramos —afirmó, y él dio un paso atrás como si lo hubiera golpeado—. Ya lo ha hecho antes —dijo Marie-Ange para que todos pudieran oírla; él había intentado destruir lo que más quería y nunca se lo perdonaría—. Provocó un incendio y mató al hijo de su anterior esposa —dijo mientras él la miraba con un odio desenfrenado—. A ellos también los encerró en una habitación y casi la mató a ella. Has intentado matarnos —dijo hablándole directamente.

Él alzó la mano como si fuera a abofetearla, pero se contuvo, esforzándose por recuperar la compostura.

—Está mintiendo. Está loca. Siempre ha estado desequilibrada. —Luego trató de hablar con voz calmada y se dirigió al jefe de bomberos que se encontraba a su lado, escuchando y observando la cara de Marie-Ange. A él no le parecía una persona desequilibrada—. Se ha trastornado por la conmoción de ver a sus hijos en peligro.

—Tú prendiste el fuego, Bernard —dijo ella con tono helado—. Nos dejaste allí. Te llevaste la llave. Querías que muriéramos para poder quedarte con todo el dinero, no solo el mío, sino también el de ellos. Tendrías que haber muerto tú en el fuego y quizá lo consigas la próxima vez —afirmó mientras la ira que sentía empezaba a desbordarse.

Un agente de policía se acercó a Bernard discretamente. Uno de los bomberos le acababa de decir algo. Le pidió a Bernard que los acompañara para contestar algunas preguntas. Bernard se negó a ir con ellos, protestando, a gritos, por aquel ultraje.

—¡Cómo se atreven! ¡Cómo se atreven a escucharla! ¡Es una lunática! ¡No tiene ni idea de lo que está diciendo!

—¿Y Louise? ¿También era una lunática? ¿Y Charles? Tenía solo cuatro años cuando lo mataste.

Marie-Ange sollozaba allí de pie, en medio de la noche gélida. Uno de los bomberos le puso una manta alrededor de los hombros. Para entonces casi habían apagado el fuego, pero la destrucción en el interior de la casa era casi total.

—Señor conde —le dijo el policía claramente—, si no viene con nosotros voluntariamente, cosa que espero que haga, nos veremos obligados a esposarlo.

—Me encargaré de que lo despidan por esto. ¡Es un ultraje! —protestó, pero fue con ellos.

Sus amigos se habían marchado hacía rato y Marie-Ange se quedó con el guarda, los hombres que habían acudido desde la granja, los bomberos y sus hijos.

Le habían dado oxígeno a Robert y estaba temblando, pero parecía tranquilo. Heloise estaba profundamente dormida en brazos de un bombero, como si nada hubiera pasado. Alain le ofreció su casa para pasar la noche y, mientras contemplaba cómo ardían las últimas llamas, Marie-Ange comprendió que una vez más iba a empezar de cero. Pero estaba viva y tenía a sus hijos. Eso era lo único que le importaba.

Permaneció allí fuera, de pie, un largo rato. Los bomberos acabaron de apagar los restos del fuego y se quedaron toda la noche para vigilar los rescoldos. Se llevó a los niños a casa del guarda, acompañada por Alain. Por la mañana vinieron dos policías a verla. La madre de Alain había acudido desde la granja poco antes para ayudarla con los pequeños.

—¿Podemos hablar con usted, condesa? —preguntaron discretamente, y ella les acompañó afuera.

No quería que Alain oyera lo que tenía que decir sobre su esposo. La interrogaron detenidamente y le contaron que los bomberos habían encontrado restos de queroseno en el rellano del segundo piso y en las escaleras que conducían hacia donde estaban los niños. Se haría una investigación a fondo, pero tal como estaban las cosas ahora, estaban dispuestos a presentar cargos contra Bernard. Marie-Ange les habló de Louise de Beauchamp y ellos le dieron las gracias.

Tomó una habitación en un hotel de la ciudad para aquella noche y le pusieron dos cunas para los niños. Madame Fournier la acompañó. Permaneció allí una semana para responder a las preguntas de la policía y los bomberos y, cuando el fuego se enfrió, volvió a la casa para ver qué podía salvarse. Algo de plata, algunas estatuas, algunas herramientas. Todo lo demás estaba destruido o estropeado. Los agentes de la aseguradora ya habían pasado por allí. Había dudas de cuánto le pagarían, o si le pagarían algo, si se demostraba que Bernard había provocado el fuego.

Cuando pasaron los primeros días, llamó a Louise de Beauchamp. Marie-Ange necesitó ese tiempo para calmarse. Las secuelas de la conmoción fueron peores que lo que había sentido la noche en que sucedió. No solo había perdido su casa, y casi a sus hijos, sino también sus esperanzas, sus sueños, su esposo y su fe en él. Lo tenían preso en el pueblo para seguir interrogándolo, pero Marie-Ange no había ido a verlo. Lo único que quería era preguntarle por qué lo había hecho, cómo podía odiarla tanto, cómo podía querer matar a sus hijos. Era algo que nunca comprendería, pero los motivos de Bernard estaban claros. Lo había hecho por dinero.

Cuando hablaron por teléfono, Marie-Ange le dio las gracias a Louise por su advertencia. De no haberlo sabido, quizá habría sido lo bastante ingenua como para creer que él volvería a buscarlos y no habría intentado encontrar una salida por la ventana del baño. Y sin duda, habría creído su exhibición de histrionismo. Pero nunca olvidaría su imagen de aquella noche y la mirada de odio en sus ojos mientras la observaba, inmóvil en el alféizar de la ventana, rogando que no se atreviera a saltar hacia la salvación.

—Me pareció oír su voz aquella noche ordenándome que saltara —dijo Marie-Ange con tristeza—. Tenía tanto miedo que casi no lo hice. Pero pensaba en lo que él les haría si yo muriera... y entonces oí su voz en mi cabeza diciendo «salte» y salté.

—Me alegro —dijo Louise con voz queda.

Le recordó a Marie-Ange que testificaría con mucho gusto sobre lo que le había pasado a ella y Marie-Ange le dijo que la policía iría a verla.

—Ahora estará bien —la tranquilizó Louise—, mejor que yo. El pobre Charles fue sacrificado a la codicia de ese malnacido. ¡Qué horrible morir por algo así!

—Lo lamento mucho —repitió Marie-Ange, y continuaron hablando durante un rato, consolándose mutuamente.

De algún modo, Marie-Ange sabía que la advertencia de Louise la había salvado tanto como los bomberos y la red que sostenían y el salto de fe que ella había dado.

Pasaron el día de Navidad en el hotel y, al día siguiente, Marie-Ange se fue a París con los niños en el coche. Ya había decidido vender la casa de la calle Varennes y todo lo que contenía. Odiaba quedarse en el apartamento, pero todas sus cosas estaban allí, todo lo que les quedaba, y Bernard ya no podía hacerles daño. Él había tratado de hablar con ella en el hotel, pero Marie-Ange había rechazado la llamada. No quería volver a verlo nunca más, salvo en el tribunal. Esperaba que lo mandaran a prisión para siempre por lo que había hecho a Charles y tratado de hacer a sus hijos. Pero la auténtica tragedia para Marie-Ange era que no solo había confiado y había creído en él; además, lo había amado.

Era el día de Nochevieja cuando, finalmente, llamó a Billy. Estaba en casa con sus hijos, pensando en él. Tenía tanto en que pensar; unos valores, ideales y sueños que habían quedado destruidos, una integridad que nunca había existido. Al igual que Louise, comprendía ahora que, para Bernard, no había sido más que un blanco desde el principio, una fuente de fondos que habría ido vaciando hasta dejarla seca. Daba gracias a que sus agentes fiduciarios fueran más cautos que ella. Por lo menos, la venta de la casa de París restablecería en parte su equilibrio económico.

—¿Qué estás haciendo en casa esta noche? —preguntó Billy cuando ella lo llamó—. ¿Por qué no estás por ahí celebrándolo? Debe de ser medianoche en París.

—Cerca.

Era poco después de medianoche, pero las cinco de la tarde para él. Billy planeaba pasar una noche tranquila en casa, con su familia y su prometida.

—¿No se supone que tienes que estar en alguna gran fiesta, condesa? —preguntó bromeando.

Ella no sonrió. No sonreía desde hacía casi dos semanas.

Le contó lo del incendio y lo que Bernard había hecho o tratado de hacer. Le habló de Louise, Charles y del dinero que Bernard le había estafado. Pero sobre todo le habló de lo que había sentido en el cuarto de baño durante el incendio y al dejar caer a sus hijos por la ventana. Y oyó cómo él lloraba al escucharla.

—¡Dios mío, Marie-Ange! Espero que envíen a ese hijo de puta para siempre a prisión.

Billy nunca había confiado en él. Todo había pasado

muy deprisa, demasiado deprisa. Marie-Ange siempre había insistido en que su relación era absolutamente perfecta y durante un tiempo lo creyó. Pero ahora, al mirar atrás, se daba cuenta de que nunca había sido así. Incluso se preguntaba si los hijos que parecía desear tan desesperadamente no eran un medio para distraerla y atarla a él. Daba gracias por no haberse quedado embarazada una tercera vez, pero desde el incendio estaba segura de que no era así.

—¿Qué vas a hacer ahora? —preguntó Billy, que parecía más preocupado por ella que nunca.

—No lo sé. La vista es dentro de un mes y Louise y yo estaremos presentes. —Le había descrito la cara de Louise y la tragedia por la que había pasado. Marie-Ange había tenido mucha más suerte y había conseguido salvar a sus hijos—. Me quedaré en París hasta que decida qué quiero hacer. No queda nada en Marmouton. Supongo que tendría que venderlo —dijo con melancolía.

—Puedes reconstruirlo si quieres —la animó Billy, todavía tratando de asimilar el horror que ella le había contado y deseando poder rodearla con sus brazos.

Su madre lo había visto llorar mientras hablaba por teléfono y había hecho salir a todo el mundo de la cocina, incluida su prometida.

—Ni siquiera estoy segura de querer hacerlo —dijo Marie-Ange sinceramente hablando de la casa que tanto había amado de niña, pero habían pasado tantas tragedias allí que ya no estaba segura de querer conservarla—. Han pasado cosas terribles allí, Billy.

—Y también cosas buenas. Puede que necesites un tiempo para pensarlo. ¿Por qué no vienes aquí para, digamos, recuperar el aliento durante un tiempo?

La idea la atraía poderosamente, aunque no quería

alojarse en un hotel ni cargar a la madre de Billy con dos niños pequeños. En la granja todo el mundo tenía trabajo y siempre había mucho que hacer.

—Quizá, pero no podré ir en junio para tu boda. Tengo que estar aquí, a disposición de los abogados, que me han dicho que el juicio puede ser entonces. Sabré algo más adelante.

—Yo también —dijo él, sonriendo y con un aspecto más juvenil que nunca, aunque Marie-Ange no podía verlo.

Ella tenía veintitrés años y él veinticuatro.

—¿Qué significa eso? —preguntó Marie-Ange, ante aquel críptico comentario.

—No lo sé. Hemos estado hablando de posponer la boda durante otro año. Nos gustamos mucho, pero a veces tengo dudas. «Para siempre» es un montón de tiempo de todos los demonios. Mi madre dice que no nos apresuremos. Y me parece que Debbi está algo inquieta. No para de decir que quiere vivir en Chicago. Ya sabes cómo es esto. No se puede decir que ofrezca las diversiones de una gran ciudad.

—Tendrías que traerla a París —dijo Marie-Ange, todavía con esperanzas de que todo les saliera bien. Billy se merecía ser feliz. Ella había tenido su oportunidad, que se había convertido literalmente en cenizas. Ahora lo único que quería era paz y pasar un tiempo tranquilamente con sus hijos. Era difícil imaginar que pudiera volver a confiar en alguien después de Bernard. Por lo menos conocía a Billy y lo quería como a un hermano. Ahora necesitaba un amigo. Entonces tuvo una idea y se la propuso a él—: ¿Por qué no vienes tú a París? Puedes alojarte en mi apartamento. Me gustaría mucho verte —dijo con tono de añoranza.

Él era la única persona en el mundo en quien podía confiar.

—Me gustaría ver a tus hijos —dijo él, pensando en su propuesta.

—¿Qué tal va tu francés?

—Lo estoy perdiendo. No tengo a nadie con quien hablar.

—Tendré que llamarte más a menudo.

No quería preguntarle si podía permitirse el viaje ni ofenderlo ofreciéndose a pagarlo ella, pero le habría gustado mucho verlo.

—Las cosas están ahora bastante tranquilas por aquí. Hablaré con mi padre. Es probable que pueda arreglárselas sin mí durante una semana o dos. Veremos. Lo pensaré y veré qué se me ocurre.

—Gracias por estar ahí cuando te necesito —dijo Marie-Ange con la sonrisa que él recordaba tan bien de su niñez.

—Para eso están los amigos, Marie-Ange. Siempre estaré aquí cuando me necesites, espero que lo sepas. Me gustaría que no me hubieras mentido respecto a él. Algunas veces pensaba que algo no funcionaba y otras, me convencías de que eras feliz.

—Lo era la mayor parte del tiempo, en realidad casi todo el tiempo. Y mis hijos son una preciosidad. Pero me preocupaba la manera en que gastaba el dinero.

—Ahora estarás bien —dijo él tranquilizándola—. Lo más importante es que tú y los niños estáis bien.

—Lo sé. ¿Y si te presto el dinero para el billete? —preguntó, preocupada por que él no tuviera el dinero y temerosa de avergonzarlo, pero se moría de ganas de verlo.

De repente se sentía muy asustada y sola y le parecía

que había pasado un siglo sin verlo. En realidad solo habían pasado dos años, pero le parecían décadas. Y habían sucedido tantas cosas. Se había casado, tenía dos hijos y había estado a punto de que la destruyera el hombre con el que se había casado.

—Si te dejara que me prestaras el dinero para el billete, ¿qué diferencia habría entre tu marido y yo?

Hablaba en serio. No quería hacerle lo mismo que su marido, pero no podía ni siquiera llegar a imaginar la escala en que este lo había hecho.

—Es fácil —dijo ella, riendo en respuesta a su pregunta—; no te compres un pozo de petróleo con el dinero.

—Vaya, me gusta la idea —dijo riéndose de ella, pensando que bromeaba—. Decidiré qué voy a hacer y te llamaré.

—Aquí estaré —respondió con una sonrisa; luego se acordó—: Por cierto, feliz Año Nuevo.

—Lo mismo digo y hazme un favor, ¿eh, pequeña?

—¿Cuál?

Hablar con él era como volver a los viejos días de la escuela.

—No te metas en líos hasta que yo llegue.

—¿Significa eso que vas a venir?

—Significa que ya veremos. Mientras tanto cuídate y cuida a los niños. Y si lo sueltan, quiero que cojas un avión y vengas aquí inmediatamente.

—No creo que lo hagan, al menos hasta dentro de mucho tiempo.

Sin embargo, era un consejo sensato y se sintió agradecida por su preocupación.

Cuando colgaron, Marie-Ange se metió en la cama. Heloise dormía junto a ella y Robert estaba en su cuna, en la habitación de al lado. Sonrió para sí al pensar en Billy.

En aquel mismo momento, Billy estaba hablando con su padre. Tom Parker se sorprendió mucho por la petición, pero dijo que suponía que podía permitírselo, siempre que se lo devolviera cuando pudiera. Billy se lo prometió. Había estado ahorrando para la boda y tenía guardados cuatrocientos dólares.

Cuando volvió a entrar en la sala, sus hermanas pensaron que parecía distraído. Una de ellas le habló y, al principio, ni siquiera la oyó.

—¿Qué tienes? —preguntó su hermana mayor, entregándole el bebé a su marido.

—No es nada —dijo, pero a continuación les contó todo lo que le había pasado a Marie-Ange y se quedaron horrorizados. Su prometida, Debbi, lo escuchaba con interés sin decir nada—. Me voy a París —dijo él finalmente—. Ha pasado por un infierno y es lo menos que puedo hacer por los viejos tiempos.

Ninguno de ellos podía olvidar que Marie-Ange le había regalado el Porsche.

—Voy a marcharme a Chicago —dijo Debbi de repente, y se hizo el silencio en la sala mientras todos la miraban.

—¿A qué viene eso? —le preguntó Billy.

Ella parecía incómoda.

—He estado esperando toda la semana para decírtelo. He encontrado un trabajo y me voy.

—¿Y luego qué? —preguntó él con una extraña sensación en el estómago.

Todavía no estaba seguro de si se alegraba o lo lamentaba. Sobre todo estaba confuso, pero lo estaba desde hacía tiempo siempre que pensaba en su boda.

—Todavía no lo sé —respondió Debbi sinceramente mientras toda la familia escuchaba—. Creo que no tendríamos que casarnos —dijo, y añadió en un susurro—: No quiero vivir en una granja durante el resto de mi vida. Lo odio.

—Eso es lo que yo hago —dijo él con voz tranquila—. Es lo que soy.

—Podrías hacer otra cosa si quisieras —respondió Debbi con voz quejosa, y él se entristeció.

—Vamos a hablar de esto fuera —dijo con calma dándole el abrigo.

Salieron al porche y el resto de la familia empezó a charlar. Seguían sin poder creer lo que les había contado de Marie-Ange y la madre estaba preocupada por ella.

—¿Crees que llegarán a casarse? —le preguntó la hermana mayor refiriéndose a Debbi.

—Dios sabe —respondió la madre encogiéndose de hombros—. No tengo ni idea de qué hace la gente ni por qué lo hacen. Los que tendrían que casarse no lo hacen. Los que no tendrían que hacerlo no pueden esperar y se escapan juntos. Como les des una oportunidad, casi todos arruinan su vida. En todo caso, la mayoría. Algunos no, como vuestro padre y yo —dijo sonriendo a su marido, que todavía estaba intrigado por lo que estaba sucediendo a su alrededor.

Cuando Debbi se marchó, Billy se fue directamente a su habitación, sin explicarles nada a sus padres ni a sus hermanos y cuñados. No dijo nada en absoluto y cerró la puerta sin hacer ruido.

12

Cuando el avión de Chicago aterrizó en el aeropuerto Charles de Gaulle, Marie-Ange lo estaba esperando con Robert en los brazos y Heloise en el cochecito. Llevaba pantalones, un jersey y un abrigo gruesos. Sus hijos iban bien abrigados con abrigos rojos a juego que le recordaban su infancia. En la mano llevaba una rosa para Billy.

Lo vio en cuanto bajó del avión. Tenía exactamente el mismo aspecto que cuando iban a la escuela en el autocar, excepto que no llevaba un pantalón de peto, sino pantalones vaqueros, camisa blanca, un grueso abrigo y unos mocasines nuevos que su madre le había comprado. Y se dirigió hacia Marie-Ange despacio, como siempre hacía cuando ella lo esperaba junto a la bicicleta en los sitios donde solían encontrarse para hablar durante el verano. Y sonrió en el momento en que la vio.

Sin decir palabra, ella le dio la rosa. Él la cogió y se quedó mirándola un largo minuto; luego la abrazó, estrechándola contra él y notando la seda de sus cabellos en la mejilla, como siempre. Para los dos era como volver a casa. Cada uno era el mejor amigo que el otro había tenido nunca y, aun después de dos años, era una sensación vieja, cómoda y segura; se querían. Era como debían ser las cosas y pocas veces eran. Era lo mismo que Françoise había sentido la primera vez que volvió a ver a John Hawkins cuando se encontraron en París, pero ninguno de los dos lo sabía. Después de abrazarla, Billy miró a los niños. Los dos eran muy guapos y le dijo a Marie-Ange que eran clavados a ella.

Mientras iban a recoger el equipaje, le explicó cómo había ido la primera vista. Acusaban a Bernard de tres intentos de asesinato e iban a abrir de nuevo las investigaciones sobre la muerte de Charles, el hijo de Louise. El fiscal dijo que, dadas las nuevas pruebas contra él, era más que probable que lo acusaran de asesinato.

—Espero que lo cuelguen —dijo Billy con una vehemencia que ella no le recordaba, pero no podía soportar pensar en lo que ella había sufrido.

Había tenido mucho tiempo para meditarlo, en el avión y antes, cuando Debbi se fue a Chicago. Finalmente habían decidido romper su compromiso, pero todavía no se lo había dicho a Marie-Ange. No quería asustarla. Podía preocuparse cuando se enterara.

Billy había venido a pasar dos semanas y ella quería enseñarle todo París. Había planeado el recorrido; el Louvre, la Torre Eiffel, el Bois de Boulogne, las Tullerías; había un millar de cosas que quería mostrarle. Luego irían a Marmouton para que Billy lo viera, pero no podrían quedarse allí. Tendrían que alojarse en un hotel de la localidad y volver a París al día siguiente. Pero por lo menos quería pasear por los campos con él y enseñarle los huertos y pedirle consejo sobre si creía que tenía que reconstruir la mansión o no. Si lo hacía, no tenía ninguna intención de instalar nada que recordara el lujo ostentoso propio de Bernard. La quería como en los viejos tiempos, cuando sus padres vivían allí. Quizá, a la larga, sería un buen sitio para ella y sus hijos. Todavía no lo había decidido.

Mientras Billy recogía su pequeña maleta de la cinta transportadora, lo observó y vio que estaba cambiado. Era más adulto, más seguro, se le veía más cómodo consigo mismo. Ahora era un hombre. También ella había cambiado. Había sufrido mucho y tenía dos hijos. Con Bernard había pasado un infierno del cual acababa de salir. Ahora Billy estaba allí; en el mejor sentido, nada había cambiado. Él la miró y le sonrió mientras cogía al pequeño de una mano y ella empujaba el cochecito.

—Es como volver a casa, ¿verdad?

Cuando lo dijo, ella levantó la mirada hacia él, sonriendo, y él también le sonrió.

Vio un brillo en sus ojos y le preguntó qué estaba pensando. Siempre habían podido leer lo que el otro tenía en la mente.

—Solo estaba pensando que me alegro mucho de que saltaras de aquella ventana. Si no lo hubieras hecho, habría tenido que matarlo yo mismo.

—Sí, yo también; quiero decir, también me alegro de haber saltado.

Sonrió y siguieron andando como si fueran una familia. No había razón alguna para que nadie adivinara que no lo eran. Se les veía bien a los cuatro juntos. Lo único que Marie-Ange quería en aquel momento era estar con él las dos semanas siguientes y hablar de todas las cosas que siempre habían tenido y que significaban algo para ellos. Tenían sus vidas, sus sueños y secretos para compartir, cosas para hablar y para explorar. Y París por descubrir. Era como si una puerta se cerrara tras ellos y otra se abriera enfrente, una puerta hacia un mundo absolutamente nuevo.

Acto de Fe, de Danielle Steel
Esta obra se terminó de imprimir en septiembre del 2006
en los talleres de Litográfica Ingramex, S.A. de C.V.
Centeno 162-1, Col. Granjas Esmeralda
C.P. 09810 México D.F.